Rainer Jund
Tage in Weiß

All den Ärzten gewidmet, die in großen Anstrengungen
und mit Leidenschaft bis zur Selbstvergessenheit
für den Menschen arbeiten.
All den Geduldigen, die kämpfen und hoffen.
Wir sind alle Patienten.

Im Anfang war es heller, was du wolltest
und zielte vor und war dem Glauben nah,
doch als du dann erblicktest, was du solltest,
was auf das Ganze steinern niedersah,

da war es kaum ein Glanz und kaum ein Feuer,
in dem dein Blick, der letzte, sich verfing:
ein nacktes Haupt, in Blut, ein Ungeheuer,
an dessen Wimper eine Träne hing.

Gottfried Benn, aus »Das Ganze«

Prolog

Als ich an seinem Krankenbett saß, ich war Student, lief das Radio, und es roch ein wenig nach Nikotin und Männersocken. Der Mann hatte gelbe Haare, keine Zähne mehr, und an der Stelle, an der normalerweise die Bindehaut ist, war eine ledrige, trübe Membran, durch die sich die Adern wie durch einen Fledermausflügel schlängelten. Er konnte nicht mit mir sprechen, da unterhalb des verwucherten Kehlkopfs eine Kanüle in seinem Hals steckte. Es war meine Aufgabe, sie ab und zu von zähem Schleim zu befreien und die Luftröhre des Alten abzusaugen. Dabei hustete er jedes Mal mit rausgestreckter Zunge, und die Adern der Bindehaut traten noch stärker hervor. An der einen Seite des Halses brach ein blau schimmernder Tumor durch die Haut. Er pulsierte mit dem Herzschlag des Mannes, als wollte er zeigen, dass dieser Körper ihm gehörte.

Auf einmal sah der Mann auf, seine Pupillen verengten sich, sein Blick wurde konzentriert, und als gäbe es etwas zu überlegen, hob er ein wenig den Kopf. Mit einem gurgelnden Geräusch schoss ihm ein bleistiftdicker Blutstrahl aus dem Hals. Im Radio lief *Ich will 'nen Cowboy als Mann*, als er augenblicklich begann zu verbluten.

Die Körper

Ich wachte auf und war überrascht, nicht geschwitzt zu haben. Das Tageslicht draußen war zart, über die glänzende Straße krochen Nebelflecken, die Laternen brannten noch. Vereinzelt Schritte. Türen schlugen zu. Ich wachte auf und war allein.

Alleinsein ist eine haltlose Referenz.

Die Schule war schon lange vorbei, sonst hätte am Frühstückstisch nicht Leere auf mich gewartet. Ich hätte mit meiner Mutter gesprochen und wäre danach in die Schule gefahren, von der ich immer wusste, dass sie eine Zwischenstation bleiben würde. Aber eine sichere Station. Nun saß ich ganz allein am Tisch und vernahm eine Unruhe in mir, die zu einem Raunen in den Ohren führte.

Ich hatte mit dem Medizinstudium angefangen. In München. Das war großartig, eine Chance! Das musste gut werden.

Genau so war es.

Ich spürte aber, dass mein Wille schwach war: Berauscht von den Möglichkeiten, die ich hatte, torkelte ich in eine endlose Suche hinein und begann zu ahnen, dass sie das eigentliche Ziel sein würde. Noch während ich darum rang, im Brei diffuser Notwendigkeiten zu erkennen, welche Art der Anerkennung für mich unerlässlich war, bewegte sich das Leben weiter fort und ermahnte mich nicht zum Einsteigen. Seltsam nur: Um mich herum taten die Menschen so, als sei alles ganz normal.

Hinein in einen Strudel aus Schweiß und Mundgeruch. Hinein in den öffentlichen Verkehr. Die Menschen saßen da und lasen Zeitungen. Manche starrten aus dem Fenster. Mir gegenüber eine alte Squaw, zwischen deren halb geöffneten, rissigen Lippen leise Flüche dampften. Eine Flasche fiel zu Boden, und in Sekundenschnelle roch es nach Bier. Der, dem sie entglitten war, schien mir als Einziger wirklich frei zu sein.

Die Menschen in der U-Bahn hatten offenbar Ziele. Meine Ziele waren instabil. Passiv wurde ich als kachektischer Passagier durch sie hindurchbewegt, für einen Sekundenbruchteil wurde eine Schrift lesbar, war etwas erkennbar, dann fuhr ich weiter und sah zuerst eine sich in Rauschen auflösende Haltestation und später, als die Informationen von draußen zu schnell geworden waren, mein irritiertes Gesicht in der verschmierten Scheibe.

Die Menschen in der U-Bahn fuhren in die Arbeit.

In eine Versicherung, eine Bank, eine Schule, eine Firma.

Ich fuhr zu einer Leiche.

Pettenkoferstraße. Ich stieg aus. Hastete an Zeitungsverkäufern vorbei, die aus Ländern kamen, in denen die Mehrheit nicht lesen konnte. Stolperte über ausgetretene Stufen einer hundert Jahre alten Treppe, die zur Anatomie führte. Bereits vor der Tür, wo das Winterlicht durch zitternde Pappeln brach, roch man das Formalin. Anatomiekurse fanden seit langer Zeit im Wintersemester statt, wegen der Temperatur. Deshalb dampften sich die Studenten vor dem Gebäude aufgeregt in kleinen Gruppen zusammen, in Gruppen, die sich eine Leiche teilen würden, manche rauchten auch.

Darunter eine eiskalte Zauberin aus Norwegen, sie war blond, hell, und der dünne blaue Saum ihrer Augen strahlte auf mich herab. Ihr Lippenschluss war ganz leicht inkompetent und vermittelte mir den Eindruck, sie jederzeit küssen zu können. Als ich mit ihr die dicken Stufen im Institut hochging, begann ich zu schwanken. Es wehte ein Duft aus einem blütengesäumten, tiefblauen Fjord, auf dem wir beide in einem Birkenholzboot von all dem hier wegruderten, über die Formalindämpfe und meine Angst hinweg.

Die Präpariergruppe war der erste organisierte Halt für mich. Wir lernten uns am Tisch kennen, eingeteilt in Trupps zu acht Studenten. Auf dem Tisch lag jemand, der einmal jemand gewesen war. Mit einer dicken, glänzenden schwarzen Plastikfolie bedeckt. Der Präpariersaal war ein ornamentaler, denkmalgeschützter Raum, eingeteilt in mehrere Apsiden, durch deren meterhohe Milchglasfenster das Licht der Welt da draußen starb. Die Atmosphäre war ungeheuerlich. Nervosität, Anspannung, Erregung und Angst flogen wie trunkene Doppeldecker zwischen uns hin und her.

Ich stand der norwegischen Zauberin gegenüber am Tisch und spürte die Neugier auf alles, ein lächelnder Zwerg hüpfte in mir herum und ließ mich schaudern. Vor uns die Folie, darunter der Körper. Die Stimme des Professors über eine Sprechanlage, ohne Bässe, pastoral, trocken, wie das Hintergrundgemurmel eines seltsamen Priesters, dem keiner zuhören konnte. Von draußen: angenehme Straßenverkehrsgeräusche.

Die Zauberin schaute auf die Folie, die sich der ausgetrockneten Landschaft unter ihr angepasst hatte. Eine männliche Leiche.

Schließlich beendete der Professor seine Ansprache mit einem Satz, in dem die Wörter »Würde« und »Mensch« vorkamen. Die Assistenten traten an die Tische und hoben die Folien von den Körpern.

Vierhundert junge Menschen sahen nach unten.

Später, wenn wir, die Präpariertrupps, uns trafen und tranken und Witze machten über unsere Missgeschicke und vor allem die der anderen, sprachen wir nie über diesen ersten Moment.

Das erste Mal einen toten Menschen sehen, erforschen, bearbeiten.

Alles Läppische, das Unbedarfte, das Flanieren, es wurde im gleichen Moment zerschnitten, als wir uns dem Körper näherten, um ihn zu öffnen. Dumpfes Unbehagen. Neugier auch. Wie sind wir innen organisiert? Diese Frage brannte in mir wie das Formalin in den Augen. Da lag ein Menschenkörper, so endet alles, wir machen ihn auf, erkunden die Bestandteile, ihr Zusammenwirken, das ist ungeheuerlich.

Ich sah auf die Leiche, die Haut umbrabraun, wächsern, die Wangenknochen hoch herausragend, von gelben Wimpern bewachte, eingefallene Höhlen, in die ich mir keine Augen wünschte. Ich stand auf Höhe einer rissigen dunklen Brustwarze, die Norwegerin sah auf einen gelben Bauchnabel, in den einst, vor sechzig, siebzig Jahren, der plazentare Kreislauf der Leichenmutter mündete.

Unruhe brandete auf, ein Student entdeckte an dem dürren Oberarm des Mannes eine tätowierte Lilie. Warum eine Lilie?

Nebenan, bei der anderen Gruppe, hatte einer eine tätowierte Nummer.

Der Präpassistent trat näher an uns heran, beschrieb, was wir zu tun hatten, erläuterte Leitungsbahnen am Hals, erklärte in zwei Sätzen, wie das Besteck zu halten ist, und nahm eine Pinzette und ein Skalpell. Jeder hatte sein eigenes Präparierbesteck mitgebracht, ein

Federmäppchen mit chirurgischem Werkzeug. Er griff mit der Pinzette nach einem Stückchen Haut, spannte sie zeltförmig auf und schnitt mit dem Skalpell hindurch. Nach dem Gelben kam was Helleres, dann etwas Dunkleres, der Muskel. Ich bekam einen Ort zugewiesen, an dem ich tätig wurde, begann, an der Struktur zu arbeiten, schaute den anderen Studenten zu, um dann selbst weiterzumachen. Es folgte ein ruhiges, kaum bewegtes Arbeiten, das nur selten von einer langsamen Stimme unterbrochen wurde, in deren trockenem Mund Speichelfäden klackten.

Konzentration.

In einen schwarzen Mantel gehüllt ging der Anatomieprofessor völlig lautlos von Tisch zu Tisch, ließ uns einfrieren, sah erst kenntnisreich auf das bereits Freigelegte, dann durch uns hindurch. Konnten wir einen Nerv nicht finden in dem braunen Matsch, bewegten sich nur die Unterarme und Hände des Professors, alles andere blieb so stabil und steif wie seine Mimik, und mit mausgroßen Händen operierte er flugs einen kleinen gelben Faden ans Neonlicht, spannte ihn über zwei Pinzetten auf wie ein Pfadfinder, der einen Bogen bastelt, ließ ihn nach zwei atemlosen Studentensekunden ins Fleisch zurückfallen, um einen von uns mit seinen Metallaugen bohrend anzusehen, sich umzudrehen und zum nächsten Tisch zu huschen.

Bei den Testaten am Präpariertisch wurde es im Saal sehr still, und die anatomischen Fachbegriffe, die er derart leise aus seinen kaum bewegten, fleischlosen Lippen hervorfisperte, dass man ihn dabei präzise anzusehen hatte, vibrierten für einen Moment knisternd im luftleeren Raum zwischen Prüfling und Professor, über einem ordinär ausgebreiteten Muskel oder einer eröffneten Herzkammer schwebend, um dann durch die Entlüftungsanlage zu entfliehen wie unsere Selbstsicherheit.

Die Norwegerin war geschickt, und als ich am Ende diesen ersten Tages in der S-Bahn saß, roch ich noch ihr würziges Parfum und sah ihr vor Anspannung glänzendes Gesicht, in dem ein zarter blonder Flaum schlingerte, aufmerksam an der Leiche arbeiten.

Auf der Abschlussfeier des Kurses, die Leiche war in alle Kapitel zerlegt, und wir rochen alle nach Tequila, drückte sie ihren Körper, der kein Gramm Fett aufwies, an meinen und hauchte mir einen unkonzentrierten Kuss zwischen die Lippen.

Die Liebenden

Hinter meinen geschlossenen Lidern zogen verschwommene Bilder vorbei. Ein Strom, ein Sog, ein an- und abschwellendes Gefühl, mein Bewusstsein blies mir einen frischen Moment in den Halbschlaf, dann schob sich eine farblose Stille davor. Es war vier Uhr morgens. In mir tobte ein Drängen. Ich wollte lernen, verstehen. Alles.

Daneben irritierende Fetzen, enttäuschende Gerüche. Frauenlachen. Im Hinterkopf eine flammende Säule: Alles, was ich wollte, war, ein sinnhaftes Leben führen. Eine zweite Chance darauf gab es nur außerhalb dieses Strebens.

Ich war in der Ausbildung. In einer neurochirurgischen Klinik. Ich war jung, interessiert, ein Rekrut im System.

In die Klinik hinein. Durch eine Tür, über der zwei teilnahmslose Engel aus Stein kauerten. Sofort begannen meine Sohlen, am glatt geschliffenen Steinboden zu kleben. Bademantelmenschen kamen mir wie Inselbewohner entgegen. Manche mit einer Zigarette im Mund, die nicht brannte.

Auf der Station zog ich mich schnell um, nicht ohne aus dem Augenwinkel schon gesehen zu haben, welche Schwestern heute da waren. Welche Frauen heute an meiner Seite stehen sollten.

Die Klinik war groß. Und kalt. Alles war da: Anästhesie, Neurochirurgie, Allgemeinchirurgie, Unfallchirurgie, mehrere Abteilungen für Innere Medizin, Radiologie, Onkologie, Pathologie. Sie stand am Rand des Ballungsraumes. Jeden Tag kam der Notarzt. Mit dem Auto, mit dem Hubschrauber. Brachte Menschen, die einen ansahen, als ob man sie einfach ausgeschaltet hätte, kein Gefühl mehr in den Augen.

Wenn Gefäße im Kopf platzen und Blut ins Gehirn schießt, stirbt ein Drittel, ein Drittel überlebt schwerbehindert, ein Drittel der Menschen schafft es ohne Behinderung. Manche Zusammenhänge sind leicht in Zahlen zu fassen.

Tritt eine solche Blutung auf, entladen sich entsetzliche Kopfschmerzen. Vernichtungsschmerzen.

Viele von uns haben Aussackungen der Blutgefäße im Kopf, ohne es zu wissen. Sie können ganz plötzlich reißen. Oder sie halten ein ganzes Leben lang. Wir wissen es nicht so genau. Wird bei einer Kernspintomografie zufälligerweise eine solche Aussackung gefunden, die eine bestimmte Größe überschritten hat, werden die

Patienten operiert, weil das Risiko, dass das Aneurysma unkontrolliert einreißt, einfach zu groß wird.

Das Problem: Auch die OP ist riskant und birgt Probleme. Es kann sein, dass das Gefäß dabei platzt, dass Hirnanteile nicht mehr durchblutet werden. Dann entstehen Störungen, ähnlich wie bei einem Schlaganfall.

Neurochirurgen stehen ständig vor einem Dilemma. Sie entscheiden. Manchmal müssen sie das ganz allein tun, weil bei so einem Geröllhaufen von Eventualitäten kein Mensch weiß, was richtig ist. Weil das Sprechen über Risiken wie ein Schrapnell zwischen »nicht ausgeschlossen«, »vorstellbar«, »erdenklich«, »wahrscheinlich« hin- und herkreischt. Eine solche Entscheidung, wie auch immer sie ausfällt, kann gravierende Konsequenzen haben für einen Menschen.

Die Frau, die an diesem Morgen zu uns kam, hatte rotblonde Haare. Sie war dreißig Jahre alt, hatte ebenso viele rosa leuchtende Sommersprossen und gerade in Kunstgeschichte promoviert. Über eine Skulptur. Über eine einzige Skulptur, die zwei Liebende zeigt, die sich innig umarmen, hatte diese Frau eine Doktorarbeit geschrieben. Sie wollte an der Universität bleiben, lehren, die Faszination, die Gefühle weitergeben an andere Menschen. Menschen für die Kunst begeistern. Sie wollte auch: Kinder bekommen. Gerade hatte sie geheiratet.

In den Flitterwochen, die sie in Florenz mit ihrem Mann verbrachte, bekam sie beim Betrachten eines Bildes im Duomo Santa Maria del Fiore einen Krampfanfall. Zuerst spürte sie ein Zucken im Arm. Er bewegte sich unkontrolliert. Dieses Zucken breitete sich über die Schultern bis in den Brustkorb aus. Die anderen Besucher schauten sich erschrocken um.

Sie hatte unglaubliche Angst, erlebte alles bei vollem Bewusstsein. Als ihr Mann aus einer Seitenkapelle gerannt kam, lag seine Frau auf dem Boden, der Mund offen, die Augen weit aufgerissen, sie starrten an die Wand des Seitenschiffs.

Da war Dante Alighieri. Auf dem Bild hält Dante mit steinernem Gesicht in seiner linken Hand die *Göttliche Komödie* und weist, mit seiner Rechten, fast verächtlich auf die Hölle und das Paradies hinter ihm.

Das sah sie aber nicht mehr, durch ihr Gehirn schossen Blitze und Stürme, unkontrollierte Entladungen schlugen wie Wellen an die Mauern ihres Bewusstseins. Sie pinkelte auf den jahrhundertealten Boden. Ihr Mann verzweifelt, um Hilfe rufend. Der vierundachtzig Meter hohe Kuppelbau des Doms wirkte unnahbar.

Als sie im Krankenhaus von Careggi aufwachte, stand ihr Mann nicht am Bett. Sondern am Schreibtisch eines Arztes. Noch bevor dieser dem frisch verheirateten Ehemann die Diagnose erklärte, war dem eleganten Etrusker die Hilflosigkeit vor Ort klar. Er zeigte ihm die Computertomografie seiner Frau. Graue Abbildungen ihres Gehirns auf schwarzer Folie. Der Mann sah den weißen Fleck erst, als der Arzt darauf deutete und ihm mit schmalen Lippen erklärte, dass seine Frau einen Blutschwamm im Kleinhirn und einen weiteren im Großhirn habe, der geplatzt sei. Dadurch sei Blut ausgetreten, das den Anfall ausgelöst habe. Mit Glück werde sie wieder ganz gesund. Auf die Frage, ob man gegen den Blutschwamm nicht etwas machen müsse, antwortete der Arzt, dass man dies in Deutschland besprechen werde.

Der Ehemann hatte gerötete Augen und spürte einen Druck im Magen, als er auf die Intensivstation ging. Sie würden seine Frau nach Deutschland zurückbringen. Zu uns, in die Neurochirurgie. Er begleitete sie.

Die Hochzeitsreise wurde dadurch nicht verkürzt, weil sie noch einige Tage in Florenz warten mussten, bis die Frau stabil genug war, um die Heimreise im ADAC-Flugzeug antreten zu können. Alles ging anders aus, als die beiden sich das vorgestellt hatten. Ihr ganzes Leben, ihre Planung, ihr Wunsch, Kinder zu haben, glücklich zu werden, veränderte sich innerhalb einer Sekunde beim Betrachten eines fünfhundertdreißig Jahre alten Bildes im Duomo Santa Maria Del Fiore.

Als sie bei uns in der Klinik ankam, war sie fast unauffällig. Kopfschmerzen und leichte Doppelbilder beim starken Seitwärtsblick. Sonst zeigte die hübsche rothaarige Frau keine medizinischen Auffälligkeiten.

Sie saß vor uns, die MRT-Bilder auf den Knien. Der Chef sah sich die Bilder lange an. Er murmelte seinem

Oberarzt etwas zu. Dann drehte er sich wieder zu der Patientin und ihrem Mann um.

»Ein Hämangiom. Im Kleinhirn, da, wo die Bewegungen gesteuert werden. Blutungen in diesem Bereich können aber auch leicht den Hirnstamm mit beeinflussen, und wenn der abgedrückt wird, dann ist das lebensgefährlich.«

Die beiden schluckten.

»Das im Großhirn liegt oberflächlich, das dürfte kein Problem sein.«

Sie knüllte ein Taschentuch.

»Das Risiko, dass es an dieser Stelle noch einmal zu einer Blutung kommt, ist sehr hoch. Darum sollten wir operieren.«

Er machte keine Pause, sondern sah den Oberarzt an. Dieser murmelte wieder etwas. Die Sonne schien schräg hinter dem Rücken des Kollegen ins Krankenzimmer. Die rotblonden Haare schimmerten wie ein Korallenstock.

Ihr Mann saß so versunken da, er war kaum wahrzunehmen. Nur noch eine Hülle. Seine Augen waren matt, und man sah ihm den Kummer der letzten zwei Wochen an. Violette Schatten klebten unter seinen Lidern. Die Lippen trocken.

Zwei Wochen nach dem Aufklärungsgespräch durch den Chef der Abteilung kam sie zur Operation in die Klinik. In Begleitung ihres Mannes, dessen Konturen zerrissen wirkten, fast gegen die Umgebung verschoben. Sie stellte eine Postkarte mit den Liebenden auf ihr Nachtkästchen. Ein Mann, an dessen Schultern man jede Muskelfaser erkennen kann, drückt sein erstaunlich ausdrucksloses Gesicht an die Wange einer faltigen Frau. Sie schenkte mir eine davon. Noch Wochen später lag die Karte auf dem Beifahrersitz meines Alfas.

Sie wurde in einer zehnstündigen Operation behandelt. Sie wachte auf. Das war gut. Ihr rechtes Auge sah in eine andere Richtung als ihr linkes. Und sie konnte nicht schlucken.

Die Gründe für diese Veränderungen waren schlicht: Der Blutschwamm lag in der Nähe von Gehirnzentren, die die Augenbewegungen steuern. Und beim Eingriff waren die Nervenkerne des Glossopharyngeus zerstört worden, des Hirnnerven, der für Schluckprozesse mitverantwortlich ist.

Dieser Nerv steuert die Empfindlichkeit im Rachen, sorgt dafür, dass es uns würgt, wenn wir mit der Zahnbürste zu weit nach hinten kommen. Außerdem leitet er die Impulse für das Schlucken an die Rachenmuskeln weiter. Was das bedeutet, wenn beide Kerngebiete dieses Nervs – der Mensch hat zwei, auf jeder Seite einen – ausgefallen sind?

Man kann nicht trinken, weil das Wasser einfach in die Lunge läuft. Man verschluckt sich und spürt, wie unangenehm es ist, kann aber nichts dagegen machen. Man kann nicht essen, weil man gar nicht schlucken kann. Der Reflex wird einfach nicht ausgelöst. Das

Essen klebt wie ein Pappeknödel im Mund, und wenn man diesen nach hinten schleudern würde, bliebe er auch da liegen. Man könnte nicht schlucken, man könnte nicht würgen, das Essen würde den Weg verkleben. Bevorzugt den Weg in die Lunge. Man ist nicht mehr lebensfähig.

Ihr Zustand war grauenhaft. Sie lag im Bett. Ihr rechtes Auge sah nach rechts, aus dem Fenster hinaus. Ihr linkes Auge sah nach links oben, zur Decke hin. Beide Augen tränten ohne Unterlass. Ihre Haut war aufgequollen und verpickelt durch das Kortison, das wir geben mussten, um eine Schwellung im Kopf zu verhindern. Die Sommersprossen waren verschwunden. In ihrer Nase steckte eine Magensonde. Sie war tracheotomiert. Permanent musste sie abgesaugt werden, was dazu führte, dass ihr roter Kopf noch röter wurde und sie unheimliche Grunzlaute von sich gab, die heiser klangen. Der Grund dafür war eine Lähmung des Vagusnervs und damit auch des Recurrens-Astes, der die Bewegung der Stimmlippen steuert. Sie würde nie wieder normal sprechen können.

Ich saß an ihrem Bett. Ich sah in ein Auge. Das andere blickte auf die Fotografie der Liebenden. Ihre Augen schwammen in einem Tränensee. Aus ihrem Tracheostoma blubberte es bedrohlich. Die Maschinen gaben ständig Alarm, es bimmelte, dann erschien eine Intensivschwester, die zehn solcher Patienten betreute, und stellte das Geräusch mit muffigem Gesicht durch einen Knopfdruck wieder aus.

Ich sah das Bild an. Die Liebenden. Sie sah es auch, glaube ich.

Und dann passierte etwas Unheimliches. Ganz zart, langsam, tastend nahm sie meine Hand. Drückte sie kurz. Und ließ sie wieder los. Vielleicht wollte sie mir damit sagen, dass alles, alles, alles auf dieser Welt, selbst die Schönheit und die Liebe und alle Wertschätzung, die wir aufbringen können, vergänglich ist. Dass Paradies und Hölle nur durch einen millimeterdicken Nerv voneinander getrennt sind. Vielleicht standen in ihren Augen Tränen, weil sie sie durch die Nervenschädigung kaum schließen konnte. Vielleicht weinte sie aber auch. Vielleicht war sie unendlich traurig darüber, wie profan das Schicksal sein kann, eine göttliche Komödie.

Ein kleiner, einige Millimeter großer Blutschwamm löschte alles aus. Riss die Liebenden auseinander. Zerstörte erst den einen, ließ den anderen, nach Hoffnung ringend, zurück und beachtete ihn gar nicht mehr. Und die Frage nach dem Warum bimmelte so regelmäßig in ihrem Kopf wie die Alarmfunktion der Infusionsmaschinen. Aber wir konnten ihr keine Antwort geben; stattdessen schickten wir Phrasen wie bunte Pfeile, die ihre Suche für ein paar Minuten ausschalteten.

Später, auf der Station, traf ich den Ehemann. Er war deutlich gefasster. Er erkundigte sich nach Pflegeheimen, die seine Ehefrau aufnehmen konnten. Das Leben muss weitergehen, sagen viele Menschen in solchen Momenten. Vielleicht stimmt das gar nicht. Vielleicht muss das Leben gar nicht weitergehen, vielleicht muss es einfach gar nichts.

Nichts.

Nur eines müssen wir: ein Wunder sein. Verletzlich sein. Sterben.

Sekunden

Ich wollte am Kopf bleiben, am Zentrum. Und ging nach meiner Zeit in der neurochirurgischen Abteilung an die Kopf-Hals-Klinik. An einem schönen Tag war ich länger geblieben, bis mich die Schwester auf der Station zu einer Patientin rief.

Als ich in das Krankenzimmer gerannt kam, war das mittlere Bett leer. Am Fenster stand eine Patientin im Jogginganzug, die Hände seltsam vor der Brust verschränkt, vibrierend. Im Bett an der Tür döste eine Frau, deren Perücke im Liegen verrutscht war. Aus dem Bad hörte ich den voll aufgedrehten Wasserhahn rauschen. Ich riss die gewichtslose Tür auf. Eine Frau auf einem Hocker klammerte sich an das Waschbecken wie an einen Rettungsring. Die Keramik mit dunklen Flecken besprüht. Alle drei Sekunden spuckte sie einen Esslöffel hellrotes Blut in den Wasserstrahl. Sie registrierte mich nicht. Im Spiegel über dem Becken konnte ich kurz ihr Gesicht erkennen, das sehr konzentriert wirkte. Sie spuckte wieder aus.

Es war nicht schwer zu verstehen, was passiert war. Vor einigen Tagen war sie im Rachen operiert worden, eine gutartige Vergrößerung des Zungengrundes wurde verkleinert. Hinten im Rachen, wo die Zunge ihre Wurzel hat. Direkt über dem Kehldeckel, dem Eingang in die Luftröhre. Da musste ein Blutgefäß aufgegangen sein. Es musste gar nicht groß sein, konnte der Frau aber direkt in die Atemwege bluten. Nicht stark, nur gerade so viel, dass sie es nicht mehr abhusten konnte. Blut gerinnt auch in der Luftröhre. Sie begann zu ersticken. An ihrem eigenen Blut.

»Machen Sie bitte den Mund auf«, schrie ich.

Sie sah mich an. Schien teilnahmslos. Keine Panik. Eng gestellte Pupillen durch das Adrenalin. Sie sah einfach nur hilflos aus, verwirrt.

»Mmhmh.«

Ein blutiger Klumpen auf meiner Hose. Hinter mir ein Schrei, ich drehte mich um, die Bettnachbarin stand in der Tür, hielt sich die Hände an die Wangen und schrie. Die Lampe über dem Spiegel surrte mürrisch.

Die Frau am Waschbecken blutete weiter aus dem Mund, ich stand neben ihr. Auf ihrem hellblauen Blumennachthemd oszillierte ein ganzes Sonnensystem roter Punkte. Sie klatschte mit ihrer Hand auf den Rand des Beckens. Der Wasserstrahl schäumte. Sie trommelte. Ich riss die Tür zum Stationsgang auf und schrie nach der Schwester.

»Den Herzalarm. Schnell.«

»Warum?«

»Schnell, den Herzalarm.«

Die Frau wurde bleich im Gesicht. Das kalte Wasser spülte das Blut nicht mehr weg. Bizarre tiefrote Figuren schillerten auf weißem Grund. Die Frau kippte vom Hocker. Ich griff ihr unter die Arme und schleifte sie aus dem Bad. Legte sie auf den Boden in die Mitte des Zimmers. Sie ließ Urin und Stuhl unter sich zurück. Atmete nicht mehr.

Sie atmete nicht mehr.

Ihre Augen standen halb offen.

Ich öffnete ihren Mund, wischte Blutklumpen heraus. Sauger. Intubieren. Schnell.

Schnell!

Wenn Zeit eine lebensbedrohliche Größe wird, werden Sekunden zur Ewigkeit. Sekunden, die sonst vergehen, schnell, zu schnell, ohne dass wir es bemerken.

Ich wartete und wischte. Sie atmete nicht mehr.

Minuten, Stunden, vor dem Fernseher arglos, massenhaft vergeudet. Tagträumend. Zeitgleich, an anderer Stelle, zählt jede Sekunde. Wenn das Gehirn bei Zimmertemperatur keinen Sauerstoff mehr bekommt, wenn man nicht mehr atmet, dann beginnt es zu sterben. Nach zwei Minuten. Nicht viel Zeit, in der das Leben aus einem Menschen flüchtet, geräuschlos und unbemerkt.

Die Tür wurde aufgeschlagen. Der Herzalarm. Ein Anästhesist, eine Schwester. Beide mit einem roten Notfallrucksack. Sie stießen Stakkatosätze aus.

»Intubieren.«

»Sauger!«

Eine Sekunde verglühte.

»Saugen, schnell.«

Ein kleiner Sauger wurde ins Zimmer gefahren. Sie versuchten, den Mund frei zu machen. Große, braunrote Klumpen. Mit dem Finger ausgeräumt.

»Laryngoskop. 6,5er-Tubus!«

Intubation, endlich konnten wir anfangen. Der Anästhesist ging mit dem Laryngoskop in den Rachen, an seiner Spitze sitzt ein kleines Lämpchen. Er zog es wieder raus, das Lämpchen blutverschmiert.

»Saugen.«

Wieder rein.

»Ich seh nichts. Ich seh nichts.«

»Saugen.«

Das Lämpchen abwischen. Die Schwester reichte einen neuen Tubus.

Zwei Minuten vergehen schnell. Verlöschen restlos, unaufhaltsam.

»Bin drin.«

Wir versuchten zu beatmen. Hörten die Lunge ab. Wir hörten nur das Brodeln des Blutes in ihrer Lunge. Einer begann mit der Herzdruckmassage. Der Nachtrock der Frau war einmal blau, mit Blumen. Jetzt hatten alle rote Tupfer bekommen. Die Blüten flatterten im Rhythmus der Druckmassage.

Der Bauch blähte sich auf. Wir hörten noch mal ab. Wir hatten in den Magen beatmet, nicht in die Lunge.

Nicht lange zwar, aber die Zeit quoll einfach weiter aus ihrem Körper heraus, von Anfang an gegen uns. Den Tubus ziehen. Sauber wischen. Wieder absaugen. Wieder intubieren. Jetzt richtig. Abhören.

»Ich glaub, wir sind drin.«

Beatmen. Drücken. Drücken.

Wir fuhren los, in den OP. Eine Anästhesieschwester saß rittlings auf dem Bett und drückte hundertmal in der Minute auf den Brustkorb der Patientin.

Während ich mich umzog, überlegte ich, was wir tun sollten. Die Blutungsquelle sichern. Den Blutfluss stoppen, aufhalten. Während die Anästhesisten den Kreislauf stabilisieren. Wenn es noch einen Kreislauf gibt.

Im OP: ein regelmäßiges Geräusch. Der Puls. Das war gut. Ich schlüpfte in die Handschuhe. Mit einem Rohr, in dem ein starkes Licht untergebracht ist, untersuchte ich Rachen und Schlund der Frau. Am Zungengrund ragte ein kleines, halmartiges Gefäß aus der Schleimhaut. Auf ihm thronte ein kleiner Blutstropfen. Es spritzte nicht. Nicht mehr. Mittlerweile mussten sich Thromben im Gefäß gebildet haben, die es verschlossen hielten. Das war nur möglich, weil sie keinen Blutdruck mehr hatte.

Ich legte einen Faden um das Gefäß und zog ihn zu einem Knoten. Und noch einen. An einem Faden hing das Leben sowieso.

Sie kam auf die Intensivstation.

Sie war hirntot. Wurde beatmet.

Ich besuchte die Frau. Auf dem Nachttisch Kinderfotos und ein Katzenbild. Ihr ganzes Leben.

Einige Tage später stellte sich heraus, dass sie nach ihrer ursprünglichen Operation durch eine Infusionsnadel eine kleine Venenentzündung bekommen hatte. Sie wurde deshalb mit Heparin versorgt, damit sich keine Thromben bilden konnten.

Der Stationsassistenzarzt hatte ihr viel zu viel Heparin gegeben. Das setzte die Gerinnungsfähigkeit des Blutes stark herab. Die Prothrombinzeit, die in Sekunden anzeigt, wie schnell das Blut gerinnt, war massiv verlängert. Was normalerweise schnell geht, dauerte jetzt viel zu lange.

Kann aber auch sein, dass das gar nichts mit dem Ereignis zu tun hatte. Nachblutungen gibt es immer wieder. Schicksalhaft.

Der erste Operateur und der Stationsarzt haben die Frau nie wieder gesehen. Und auch nicht auf der Intensivstation besucht. Einige Tage später riefen mich die Angehörigen an. Ihr Mann bedankte sich am Telefon. Aufrichtig. Hoffnung schwelte in seiner Stimme. Oder Unwissen. Ich wusste nicht, was ich hätte anders machen sollen.

Ich konnte ihr nicht schnell genug helfen.

Hilfe.

Allein

Schon bald hatte ich meinen ersten Nachtdienst. Im Nachtdienst ist man mit sich allein. Keine Kollegen, keine Freunde. Jede Entscheidung, jedes Tun unterliegt der eigenen Verantwortung.

Ich schlief ein mit dem Gedanken, es würde schon nicht so schlimm werden, und wurde durch ein Geräusch aus einer blassen Ruhe geweckt.

2:30 Uhr.

Auf dem verkratzten Display des Beepers standen eine Telefonnummer und dahinter eine 1. Der Code für den absoluten Notfall, das Signal, alles stehen und liegen zu lassen und dahin zu laufen, woher der Ruf kam. Noch während ich in die Hose stieg, rief ich die Nummer an.

Schockraum?

»Ja, schnell kommen, Schockraum, Tracheotomie …«

Eine Tracheotomie ist ein Luftröhrenschnitt, normalerweise ein einfaches, kontrolliertes chirurgisches Manöver, wenn es aber notfallmäßig durchgeführt werden muss, ist es der Garant für harten Stress. Denn alles, alles ist ein wenig aufschiebbar, aber nicht bei Atemnot. Viele Menschen liegen geschädigt in Pflegeheimen herum, weil nicht rechtzeitig Luft in ihre Lunge kam. Und ohne Luft wird im Kopf das größte Wunder der belebten Welt zu einer matschigen Narbe abgebaut.

Ich lief zur Nothilfe, mein Spiegel fiel mir aus der Kitteltasche, ich war schon fast da, mein Puls war hoch. Noch dachte ich, dass es nicht so schlimm werden könne, bestimmt übertriebener Alarm. Irgendjemand würde mir gleich sagen, was zu tun sei. Trotzdem hastete ich über leere Gänge, in denen die Kliniknacht, dutzendfach durchventiliert und in einer Anlage aufbereitet, wie Ochsenschwanzsuppe verdickt war. Kein Atemzug war frisch. Ich spürte die Hitze im Genick. Sprang die Treppen hinauf. Endlich: die Nothilfe. Einige Menschen saßen herum, die Augen in ihren Wartegesichtern freuten sich über die Abwechslung, als ich vorbeilief.

Die schwere Stahlschiebetür stand schon einen kleinen Spalt weit offen. Monitorpiepser zischten, gellende Wortteile, Sauggeräusche rutschten wie unter Überdruck zu mir nach draußen.

Schockraum.

Ich reiße die Tür auf. Zwei Anästhesisten stehen um einen Tisch herum, ich kenne sie, dazu ein Chirurg, ein Bundeswehrpilot in Uniform und ein Feuerwehrnotarzt. Alle drehen sich nach mir um. Im Raum riecht es nach verbranntem Fleisch.

Ich höre ihre Aufforderungen nicht, alles klingt wie durch eine Dämmung. Als ich an den Tisch trete, sehe ich die Patientin. Eine Frau, die Haare zu klebrigen Bündeln verschmort. Ihr Gesicht ist nicht mehr zu erkennen und zu einem leuchtenden Ball angeschwollen. Die Haut am Oberkörper ist verkohlt, an anderen Stellen glänzt rosa Fleisch. Eine EKG-Elektrode hat sich gelöst und baumelt neben der Brust, an der Klebefläche ein Hautfetzen. Vom Bauchnabel abwärts ist sie mit einem grünen Tuch zugedeckt, auf dem nasse dunkle Flecken zusammenlaufen.

Die Anästhesistin am Kopfende versucht hektisch, einen Tubus im Rachen der Frau zu versenken. Sie kommt nicht vorwärts. Durch die Verbrennung ist die Schleimhaut derart geschwollen, dass keine kontrollierte Sicherung des Luftwegs und keine Beatmung möglich sind.

Deshalb also die Tracheotomie.

Die Anästhesistin starrt mich an, große dunkle Notaugen mit roten Rändern und Kajal, ihre dicken schwarzen Haare schlagen ihr wie Taue um den Hals, und sie schreit.

»Ich krieg die Intubation nicht hin. Ich seh nichts. Schnell.«

Jetzt sehen alle im Raum zu mir. Ich bin dran.

Über der Schiebetür läuft eine riesige Uhr, 2:42 Uhr, wie eine Drohung rückt der Sekundenzeiger in kleinen Krämpfen lautlos weiter vor. Ich trete an den Tisch, schreie: »Messer!«, und mir wird ein Fadenmesser gereicht, ein kleines hakenförmiges, scharfes Instrument, mit dem man Fäden durchschneidet, um sie aus Bagatellwunden zu ziehen.

»Habt ihr kein Skalpell …?«

Jemand drückt mir eins in die Hand. Ich schnippe die Plastikkappe mit dem Daumen weg, rutsche aber aus, und sie bleibt hängen. Nehme die zweite Hand, um die Klinge freizulegen. Das dünne Blatt glänzt im gefühllosen Licht der OP-Leuchten kurz auf.

Ich schneide die Haut ein.

Sie blutet nicht.

Es schneidet sich ganz anders als sonst, trocken, fest.

Ich durchtrenne die kleine Schilddrüse, wenig Blut. Die Schilddrüse besteht normalerweise aus prallem, gut durchblutetem Gewebe. Bei dieser Frau ist sie wie eine Dörrpflaume, aus der ein wenig brauner Saft herausläuft, wenn ich sie mit der Pinzette berühre.

Ich lege einen Knoten um ein Gefäß. Hier blutet nichts mehr. Ich ertaste die Luftröhre, regelmäßige Knorpelspangen, wie eine Wirbelsäule, ein Spazierstock, ein Spaziergang, schnell gefunden.

Gott sei Dank.

Ich schneide die Vorderwand der Luftröhre ein. Ein seltsamer Geruch strömt mir entgegen. Wie am Flughafen, bevor man zu zweit Händchen haltend ins Flugzeug steigt, um in den Urlaub zu fliegen, und plötzlich den Kerosingeruch bemerkt. Sofort weiß man, dass das Glück verletzlich ist.

Mit einer Klemme spreize ich die Wände auseinander, der Knorpel der Luftröhre leuchtet fast auf, weißlich, die Anästhesistin reicht mir einen Tubus, ich schiebe ihn in die Luftröhre.

»Blocken.«

Sie wird beatmet. Der Brustkorb hebt und senkt sich. Es knistert ein wenig. Sie hört die Brust ab. Die Luft kommt an.

Geschafft. Wir haben es geschafft. Ich nähe die verdorrte schwarze Haut an der knorpeligen Wand fest, damit die Öffnung in der Luftröhre nicht zuklappen kann.

»Wie alt ist die Patientin denn?«

Die Anästhesistin, die einen Beatmungsbeutel zusammendrückt, seufzt mir das Geburtsjahr zwischen zwei Beatmungsaktionen rüber. So alt wie ich.

Beim Wegtreten rutschte ich fast aus. Unter dem Tisch hatte sich eine kleine Pfütze gebildet. Es tropfte zu Boden. Aus der zerstörten Haut der Patientin. Wo keine Haut mehr ist, tropft die Flüssigkeit einfach aus dem aufgedunsenen Körper.

Ein paar Minuten blieb ich noch da und sprach mit den Kollegen, während ich das Protokoll schrieb. Der Notarzt sagte, sie habe sich in die Badewanne gelegt und mit Benzin übergossen. Alle hielten inne und sahen ihn an. Das Gesicht der OP-Schwester wollte fragen, warum.

Er sagte unaufgefordert: »Sie war allein.« Dann: »Mehr wissen wir nicht.«

Sie wurde in ein Schwerbrandverletztenzentrum verlegt. Sie starb noch auf dem Transport.

Extra Muros

Wir waren alle versammelt. Viele Menschen auf einem Gang. Zwanzig Ärzte und fünf Pfleger. Es war der Höhepunkt der Stationswoche: die Chefvisite. Sie war bedeutend. Nicht, weil neue medizinische Strategien und Informationen bekannt gegeben und diskutiert wurden, sondern weil ein Weg festgelegt wurde. Monokausal. Vom Chef. Ohne Diskussion. Es gab keine Reflexion in diesem Moment. Vielleicht funktionieren viele Momente besser ohne Reflexion. Für die Produktivität ist sie ungünstig.

Die Oberärzte standen am Eingang der Station. Die Assistenzärzte standen dahinter. Dahinter die Schwestern. Klare Reihung.

Wir warteten.

Wir warteten.

Neonlicht flackert schön um sieben Uhr morgens. Patienten kamen aus ihren Zimmern, sahen uns, gingen wieder hinein. Blieben sie auf dem Gang stehen, trat schnell ein eifriger Assistenzarzt an sie heran und räusperte ihnen zu, dass gleich der Chef zur Visite kommen würde und sie im Zimmer warten sollten.

Es war ein Appell.

Eine Sichtung.

Die Tür ging auf, wurde von einem Privatassistenten mit roten Ohren aufgehalten. Dann trat er ein. Der Chef. Ein großer Mann. Sein Blick war exakt, durch eine mokkafarbene Iris stach eine tiefe Pupille. Die Haare sahen immer perfekt aus, ein nicht allzu streng nach rechts gekämmter Scheitel ließ ein wenig Luft, Freiheit, wippte beim großschrittigen Gang. Nur im Laufschritt konnte man mit ihm mithalten. Seine Haut hatte die Erfahrung bester Golfplätze in Andalusien gemacht, zarte Altersflecken schmiegten sich als Tarnnetz unter die Adleraugen, die jede Lücke, jeden Fehler, jeden Murks aus acht Stockwerken Entfernung entdeckten. Ganz zielgerichtet. Die wichtigste Eigenschaft eines guten Chirurgen.

Heute wirkte er schlecht gelaunt. Das erlaubte er sich mit der Beiläufigkeit, mit der sich ein anderer räuspert. Alle sahen es sofort. Die Mundwinkel fielen nach unten. Die Oberärzte taten so, als könnten sie die Stimmung des Alten zweifelsfrei interpretieren. Ein Insiderspiel.

Er ging auf einen der Oberärzte zu und erwähnte das Fußballspiel vom Vorabend. Im Fernsehen, genau, richtig, Herr Professor, offener Körper jetzt, keine Augenhöhe. Er sah uns an wie billiges chinesisches Werkzeug, bevor man es in die Hand nimmt. Grußloser Gruß.

Lippenloses Lächeln. Dann griff einer der Weißen für ihn an die Türklinke zum ersten Zimmer.

Und er trat ein. Hinter ihm zwanzig Ärzte. Alle Arme vor der Brust verschränkt. Die messinggelbe Sonne des frühen Tages war schon vor uns ins Zimmer gehuscht. Einer trat jetzt vor, aus der Reihe. Nervös. Drei Patienten lagen unter uns. In ihren Betten. Top-down. Manchmal ragten Zehen unter den Decken heraus. Ich sah sie mir an, gelbe, graue, zu lange Nägel.

Alle Ärzte schauten von oben auf die Patienten hinab. Sie lagen da, zugedeckt, mal mit nacktem Oberkörper. Kuckte uns ein Paar blanker Arbeiterfüße entgegen, huschte eine Schwester hin und schlug die Decke über die Beine.

Ein Mensch, der liegt, ist bei der Visite durch die Macht der Begegnung und Überzahl der Ärzte völlig aufnahmeunfähig. Regelhaft werden lebenswichtige Entscheidungen ohne Beteiligung des Patienten am Fußende des Bettes besprochen. Ohne Beteiligung des Betreffenden. Am Fußende des Bettes.

Manchmal bewegte sich ein Bein, meist aber verharrten die Patienten still. Hatte einer eine unpassende Meinung zu einem fachlichen Problem oder stellte er eine störende Frage, war er von diesem Moment an beim Chef unten durch. Den Typen durfte dann jemand anderes operieren.

Das Fehlen eines Gesprächs gab uns Macht und Verachtungsmöglichkeiten. Die Empathie verdunstete in Minutenschnelle. In einer wellenförmigen Truppenbewegung schoben wir uns wieder aus dem Zimmer hinaus.

Für viele Sachen, die wir machten, gab es keine richtige Evidenz. Ein Anzweifeln war nicht denkbar. Tatsächlich befanden wir uns hier an einer Stelle, an der Erfahrung zusammenkam. Ein mächtiges metallenes Bollwerk, das sich jedem Zweifel vernichtend entgegenwarf. Wir fixierten die Behauptungen der Älteren derart intensiv in uns, dass aus Glaube Wissen werden konnte. Nichtglauben wurde sanktioniert, in mir selbst taten sich in diesen Momenten tiefe Wunden auf, aus denen etwas ausströmte, das die anderen sofort rochen und auf mich aufmerksam werden ließ. Unpässlich schlurfte ich ihnen hinterher durch die Klinikgänge. Vom Durst nach Aufmerksamkeit exsikkiert.

Im nächsten Zimmer wurde dem Alten eine aufmüpfige brünette Mittvierzigerin vorgestellt, Typ gefärbte Strähne in der Dauerwelle. Sie saß im Nachthemd auf ihrem Bett. Noch am selben Tag sollten ihr die Mandeln entfernt werden. Sie riss die ungeschminkten Augen auf, als der Trupp an ihr Bett trat. Der bleiche Assistent, der die Visite mit glühendem Gesicht leitete, stellte die Krankengeschichte vor. Ein Satz zum Problem. Nicht mehr. Kurz halten.

»Wiederholte Tonsillitis, kommt zur TE.«

»Und das Septum?«

»Eine Septumplastik hat die Patientin abgelehnt.«

»Warum?«

Die Patientin hob die Schultern: »Ich möchte die Nasenoperation nicht machen lassen …«

»Extra Muros«, flüsterte der Chef fast.

Er drehte sich um.

Er ging aus dem Zimmer.

Und draußen: »Schickt sie heim.«

Zwanzig Akademiker in weißer Uniform liefen ihm nach. Augenrollen. Eine Oberärztin sekundierte dem Alten, sprang um ihn herum, Empörung flog in Speichelfetzen auf den Stationsflur.

Auf dem Gang der Geruch des Lagers.

Es war so leise, dass man die Kaffeemaschine in der Stationsküche blubbern hörte.

Ohrnazis

Ich war nicht ausgeschlafen, und die Erschöpfung hing an mir wie ein nasser Wollpullover. Alles klebte, meine Schritte flossen nicht. Ich fühlte mich zäh, adhärent.

Schwester Melanie kam mir entgegen, ungut gelaunt, Pickel, sie zog kalten Rauch hinter sich her. Ich betrat die Ärzteumkleide, ein ungelüftetes, kleines Kabuff mit sechs Quadratmetern, in dem einige Spinde und Regale standen, daneben ein Haufen Wäsche, Socken, Schuhe, Hosen.

Im Halbdunkel stand *sie*. Etwas kleiner als ich, blond, die Haare zum Pferdeschwanz gebunden und mit T-Shirt und Unterhose bekleidet, im Schrank wühlend. Vor meinem inneren Auge: Norwegen. Ein Birkenwäldchen am See, an dem sich muskulöse, runde Frauen gerade zum Baden auszogen. Das Wasser kalt.

»Hallo.«

»Hallo.«

Aus dem Augenwinkel sah ich, wie sie ihre Bewegungen verlangsamte. Ich spürte die Attraktion in jeder Pore, plötzlich war ich fröhlich, aufgeweckt, verliebt, lebenslustig, kreativ. Sie war sportlich, zart gebaut, mit kleinen, fest wirkenden Brüsten und einem perfekten Hintern in der weißen Hose.

Sie trug Mokassins von Tod's. Wie viele dieser Frauen. Meist wohnen sie in Eppendorf, in Harlaching, in Erkrath. Oder kommen aus Norwegen, mit einem Stipendium. Gutbürgerliche Erziehung paart sich mit Neugier, möglicherweise auch auf sexuellem Gebiet.

Es knisterte, als sie sich bückte, um ihre Hose aufzuheben.

Ich stellte mich vor sie hin.

Es roch nicht so gut in diesem Raum. »Du bist jetzt also auch hier.«

Mein dümmlicher Annäherungsversuch schmiegte ihr ein Lächeln um den Mund. Von irgendwoher kam das würzige Parfum wieder, entweder tatsächlich oder in meiner Erinnerung.

»Ich möchte dich gerne ...«, durch die Luft ritten kleine Pferde mit braunen Mähnen, »... ins Café einladen, ganz unkompliziert ...«, auf den Pferden saßen Mädchen mit langen Haaren und Bikinis, »... und ich hab mir ...«

Weiter kam ich nicht.

Sie zog mich zu sich hin, ich klatschte wie ein Frosch auf ihren Oberkörper, der ganz hart war. Sie nahm meinen Kopf zwischen ihre Hände und küsste mich auf den Mund, ich öffnete die Lippen vorsichtig. Ihre Zunge war wie eine Harpune, die von einem manisch zuckenden Fischer ins trübe Wasser gestochert wird, ihre Brüste waren tatsächlich spitz, alles knackig, alles hart, ich war so überrascht, bekam keine Luft mehr, die Pferde, die eben noch durch die Luft ritten, waren alle verschwunden. Ich würde sie später unter einer Linde wiederfinden, verschwitzt, zusammenstehend, dampfend. Ihre braunen Augen blickten über ein weites Tal, an dessen Ende eine kleine Hütte stand, aus deren Kamin es friedlich rauchte.

Als ich wieder auf den Flur trat, sie war schon vor mir raus, blendete mich das Neonlicht. Es hatte auf einmal aufgehört zu flackern, und ich fühlte mich wie vor einem Urlaub, nach einem Urlaub und mittendrin in einem nie endenden Urlaub, im Leben, dem flirrenden, das nur ein Ziel hat: das Erbgut weiterzuverbreiten.

Beim Betreten des Stationszimmers spürte ich die Unruhe.

Doch sie kam nicht an mich ran.

Auf der Innenseite meiner Augenlider blühte eine Blumenwiese.

Es roch gut hier, neben dem Abfalleimer.

Die Gespräche hatten eine angenehme, bedeutungslose Melodie.

Schwester Melanie unterbrach meine Unantastbarkeit. Sie stand einfach da, mit steifen, hochtoupierten Haaren, die keine eigene Farbe mehr aufbringen wollten, einem gerade erwachten Blick über den immer roten

Wangen und trockenen dünnen Lippen, die sich beim Sprechen kaum öffneten. Ihre Stimme klang monoton, wie Sand, der durch eine Eieruhr rieselt. Sie hatte Neuigkeiten. Ein älterer Mann, der am Ohr operiert worden war, hatte einen anderen Patienten geschlagen. Auf dessen frisch operiertes Ohr. Dem sei jetzt schlecht. Große Aufregung. Die Blumenwiese war plötzlich ganz kurz gemäht, die angenehmen Gerüche verflogen, und ich hörte alles wieder sehr deutlich.

Herr Matthias hatte ein Cholesteatom, eine Entzündung im Mittelohr, die den Knochen andaute. Er war vor zwei Tagen operiert worden, aber jetzt saß der Ohrverband ganz schief auf seinem roten Kopf.

Er schrie.

»Die Drecksau. Hat mich verraten.«

Er sah in die Richtung von Herrn Schäfer, der auf dem Bett neben ihm lag und sich sein ebenfalls verbundenes Ohr hielt. Ich fragte Herrn Schäfer, was passiert sei.

Er konnte nicht sprechen, weil ihm so schlecht war. Er war bleich, um den Mund war seine Haut fast hellgrün, seine wenigen Haare standen dünn und verzweifelt vom Kopf ab.

Er hatte einen ordentlichen Nystagmus. Eine unkontrollierte Augenbewegung, durch die das Gehirn versucht, bei einem schwindelerregenden Reiz am Gleichgewichtsorgan wieder ein scharfes Bild zu erzeugen. Durch den Schlag auf das operierte Ohr wurde seine neue Stapesprothese, ein Metallersatz für den kaputten Steigbügel, ein wenig ins Innenohr gedrückt. Deshalb war ihm übel.

»Die Sau«, hörte ich von hinten.

»Ich kümmere mich gleich um Sie, Herr Schäfer.«

Schwester Melanie hatte den Sicherheitsdienst alarmiert. Zwei glatzköpfige Männer mit schwarzen Hosen standen in der Tür. Sie setzten einen Weiß-der-Geier-was-hier-los-ist-aber-wir-bekommen-es-in-den-Griff-Blick auf und blieben erst mal stehen.

Ich sprach mit Herrn Matthias. Er antwortete mir nicht, saß auf seinem Bett, schrie mich an. Ein kleines, irrwütendes Männchen. Akkurater Seitenscheitel, sein Oberlippenbärtchen vibrierte. Er nahm ein Taschentuch, das er wie ein Einstecktuch in der Brusttasche seines dunkelblauen Bademantels getragen hatte, und tupfte sich unsichtbare Tränen aus den Augen. Schwester Melanie sagte leise und mit zu Schlitzen verengten Augen so verschwörerisch, wie ihr das möglich war, man müsse etwas unternehmen, er gefährde sich selbst und andere Patienten. Ich teilte ihre Meinung. Ich bat die Sicherheitstypen, mir sehr vorsichtig zu helfen, ich wisse noch nicht, was los sei.

Die Gründe für eine geistige Verwirrtheit sind äußerst vielfältig. Zu wenig getrunken, Zuckerspiegel zu hoch, Kaliumwert zu niedrig. Später sollte sich herausstellen, dass Herr Matthias einen Abszess im Temporallappen hatte, ausgehend von seinem Cholesteatom. Die Ohrentzündung hatte sich durch einen dünnen Knochen hindurch ins Gehirn vorgearbeitet, dort eine kleine, abgekapselte Entzündung gebildet und neokortikale, assoziative Areale und Gedächtnisbahnen irritiert. Eine sehr seltene Ursache für eine Verwirrung.

Ich drückte Herrn Matthias vorsichtig ins Bett zurück, er wehrte sich kaum, sein Blick war leidend, mäanderte von mir zur Zimmerdecke und zurück. Ich hielt ihn an den Schultern, er ruderte mit seinen dünnen Armen, über die Venen wie blaue Schnüre liefen, noch ein wenig in der Stationsluft.

»Bitte, Herr Matthias.«

Die Männer vom Sicherheitsdienst zogen sich Handschuhe an, traten an das Bett und atmeten ein.

»Ihr Nazis, ihr Nazis, wagen Sie es nicht!«

An der Tür zum Krankenzimmer standen mittlerweile etwa zwanzig Menschen, Erwachsene und Kinder in Schlafanzügen und Bademänteln, mit Kopf- und Ohrverbänden, blutigen Nasenschleudern. Ihre Augen starrten in den Tumult, der sich unmittelbar vor mir abspielte.

Hieronymus Bosch.

Einer der Wachmänner sagte mit brummender Nikotinstimme: »Herr Matthias, machen's uns jetzt keine …«

Weiter kam er nicht. Denn Herr Matthias hatte es mit seinen dürren Ärmchen geschafft, ihm eine schallende Backpfeife zu verpassen, und ich bildete mir ein, eine kleine blutende Stelle an seiner Unterlippe zu sehen.

Durch die offene Zimmertür war ein Raunen zu hören.

Daraufhin beschleunigten sich die Bewegungen des Hilfssheriffs. Er drückte die Arme von Herrn Matthias nach unten und kniete sich auf ein Handgelenk, das andere fixierte er, die Beine drückte sein Kollege, dessen riesige Nase inzwischen pulsierte, auf die Matratze. Herr Matthias bäumte auf, ihm blieb dafür nur noch der Kopf, der jetzt hin- und herzuckte.

»Mögen Sie etwas spritzen, Herr Doktor?«, fragte Schwester Melanie entschlossen, und ich spürte keinen Raum für ein Ausweichen.

»Hm?«

Die zwei großen Männer in Schwarz schauten mich fragend an. Auch Herr Matthias sah mich an, hielt inne. Die Zuschauermenge war ganz still.

»Lorazepam.«

»Ja, das ist gut, Lorazepam.« Schwester Melanie grummelte zur Bestätigung den Namen noch mal vor sich hin. »Lorazepam.«

Sie brachte mir, vorbei an den still beobachtenden Patienten, eine Spritze auf einem weißen Tablett, daneben Bruchstücke einer Ampulle. Ein Mann, auf dessen Schnauzbart eine weiße Nasenbinde lag, streckte den Kopf neugierig nach oben.

Die Ruhe im Zimmer riss wieder ab, weil Herr Matthias schrie wie am Spieß: »Wagen Sie es nicht, ja um Gottes willen, wagen Sie es bloß nicht!« Und dann wieder: »Ihr Nazis …!«

Die Sicherheitsmänner, schnaubend, kalten Rauch ausatmend, drehten mir seinen Unterarm so hin, dass ich arbeiten konnte – die dunkelblauen Adern traten geschwollen unter der ledrigen, dünnen Haut hervor.

»Herr Matthias, ich spritze Ihnen jetzt etwas zur …«

»Wagen Sie es nicht, Sie Nazi!«

Die Sicherheitsdiensttypen nickten. Hefteten ihren Blick auf den Arm. Ich stach in die Vene, der Blutdruck von Herr Matthias war so hoch, dass neben der Nadel ein Tropfen Blut protestierte. Ich injizierte ganz langsam einen Milliliter, die empfohlenen Mengen in so einem Fall waren mir nicht bekannt. Das ist sehr individuell. Manche brauchen mehr, manche weniger, dachte ich mir.

Es hatte überhaupt keine Wirkung.

»Ihr Nazis«, gellte es von unten. »Hundsfott!«

»Hm, der braucht mehr … Herr Doktor«, sagte Schwester Melanie, ohne den leisesten Zweifel zuzulassen.

Die schwarze Sicherheit nickte und atmete aus. Von der Tür drang ein zustimmendes Murmeln herüber.

Ich spritzte noch einen Milliliter.

Herr Matthias schrie jetzt nach der Polizei.

Ich sah ihn an und sagte: »Herr Matthias, jetzt sind Sie aber …«

»Gestaposack!«

Schwester Melanie sagte: »Hmmm.«

Einer der Sicherheitsmänner murmelte, ich hörte es kaum: »Jetzt komm schon …« Er klang genervt.

Ich spritzte ihm den Rest des Lorazepams in die renitente Vene. Er bewegte sich unter mir wie ein Aal. Doch seine Bewegungen erschlafften sofort.

Er wand sich, einmal noch, langsam, atmete dann aus, die Augen rollten nach oben, man sah nur noch das Weiße in ihnen, seine Zunge fiel nach hinten, und er saugte die schlaffe Unterlippe schlauchartig ein, um überhaupt Luft zu bekommen.

Herr Matthias bekam nun Atemprobleme, weil ich ihm zu viel des Benzodiazepins gespritzt hatte. Ich ärgerte mich noch nicht einmal, sondern überlegte, was zu tun war. Ich kämpfte gegen eine helle Leere an, an deren anderem Ende, unerreichbar, Ruhe und Entspannung warteten.

Unter mir schnarchte er ab und zu.

Die Sicherheitstypen ließen los und traten einen Schritt zurück. Hinter mir musste sich Herr Schäfer laut übergeben. Schwester Melanie rannte zu ihm.

Ich überstreckte den Kopf von Herrn Matthias und zog seinen Unterkiefer nach vorn, so war das Schnarchen nicht ganz so laut. Für zwei, drei Sekunden sah ich von oben auf uns herab. Dann holte mich Schwester Melanie mit seltsam belangloser Stimme zurück.

»Und jetzt? Holen wir den Anästhesisten, oder?«

Sie transportierten Herrn Matthias, nachdem sie ihm das Schlafanzughemd ausgezogen und Dutzende von Kabeln an ihn angeschlossen hatten, auf eine Überwachungsstation.

Als der Alte in seinem Bett an den herumstehenden Patienten vorbeigeschoben wurde, begleitet von zwei Ärztinnen, die Augen halb geschlossen, in der Nase einen Sauerstoffschlauch, fiel das Neonlicht für einen kurzen Moment so schräg auf sein faltiges Gesicht, dass ich mir einbildete, ein kurzes Lächeln gesehen zu haben.

Schweigen

»Komm mal mit, den Schmidt von der 7a machen wir schnell …«

Die Stimme drückte keine Wärme aus. Ein Professor, ein Mann mit Macht. Nicht der Chef, sondern eins darunter. Ein Oberarzt, auch ein Abhängiger.

Macht ist für manche Menschen eine Droge. Der Mechanismus verläuft wie bei Kokain: Ein Befehl, ein schneller Erfolg, dann schüttet das Hirn eine Belohnung aus, dopaminerge Substanzen, die zu einer Erregung in einer sehr alten Struktur des menschlichen Gehirns führen. Dort entsteht ein Gefühl. Ein Hauch im Innersten, ein Drang, ein Wunsch.

Eine gewollte Kontrolle über Belohnungsreflexe ist nicht möglich. Vielleicht ist das limbische System unser stärkster Feind. Vielleicht sind wir wie Tiere.

Und deshalb gilt auch: Empathie kann abgeschaltet werden. Empathie ist verlernbar. Empathie kann verloren gehen.

Der Professor lachte mich an, er war sehr sympathisch,

und wir gingen in den OP-Trakt. Wuschen uns nebeneinander die Hände und lachten über ein paar dreckige Witze. Schnell, feist, männlich, stark. Stimulierend. Abwertend anderen Menschen gegenüber. Immer über Kollegen lästernd, auf einer unsachlichen Ebene. Wir suchten uns Gesprächspartner, die unsere eigene Perspektive bestätigten. Wir suchten uns Freunde aus, die dieselbe Wahrnehmung hatten. Das ist natürlich.

Ich spielte das Spiel mit, der Erfolg belohnte auch mich, und erkannte erst Jahre später, dass das dumpfe Gefühl im Unterbauch das Anecken an den Regeln war. Ein nirgendwo festgeschriebener und doch innerlich stark eingewachsener Kanon, der die Kooperativität in extremen Situationen typisiert. Ich hätte sonst nicht in der Klinik sein können, nicht lernen, kein Arzt werden. »Wo gehobelt wird, da fallen Späne«, wurde in der Abteilung immer wieder gesagt.

Das rhythmische Blinken und die Pulstöne bei der Anästhesie synchronisierten den eigenen Herzschlag. Es roch nach OP, nach Desinfektion. Alle vermummt. Nur Augen. Die Menschen waren so schöner, ästhetischer, aber auch listiger. Gespräche sind anders mit Mundschutz, weil man die Mimik nur an den Augen ablesen kann.

Wir traten an den Patienten heran. Ein mittelalter Mann, gepflegtes Äußeres, der Hals war bereits rot mit einem Desinfektionsmittel eingepinselt. In der Nase steckte ein Beatmungsschlauch. Am Rücken EKG-Elektroden. Der Brustkorb hob und senkte sich.

Der Professor zeichnete mit einem Stift die Schnittführung auf den seitlichen Hals des Patienten. Dann schaute er mich kurz an, ich konnte seinen Blick nicht interpretieren, irgendwas sah darin jetzt seltsam aus, oder war es wirklich Spaß an dieser Tätigkeit, ich wusste es nicht.

Dann sagte er, lauter als sonst, mit einem leichten Crescendo am Ende: »Me-he-sser.«

Ich spannte die derbe, ledrige Halshaut mit meinen Händen. Der Professor nahm das Skalpell und drang mit einem schnellen Schnitt durch die von den OP-Lampen hell erleuchtete Haut. Wie in einer Illustration klaffte die Wunde sofort auseinander, kurz leuchtete gelbes Fett auf, dann sofort Blut, das von den Wundrändern nach unten lief. Das Fett bildete Augen auf dem Blut wie bei einer reichhaltigen Suppe. Einer Tomatensuppe.

Ich tupfte, der Professor verödete mit einer elektrischen Pinzette die einzelnen, teilweise sehr feinen Äderchen. Nachdem wir die ganze Wunde getrocknet hatten, schnitt er durch das Fett. Waren es an der Haut viele kleine Blutungsquellen, durchtrennten wir jetzt einzelne, kaliberstärkere Gefäße. Wir mussten Klemmen einsetzen. Der Gefäßstumpf wird mit der Klemme gefasst, dann legt man eine Fadenschlinge darüber und zieht sie zu einem Knoten. So erreicht man Blutstillung.

Mit sonorer Stimme summte er: »Klemmchen.«

Er packte, riss, zupfte, schnitt. Ich erkannte keine Liebe zum Gewebe, kein Gefühl. Es war pures Handwerk auf Zeit, die Uhr lief.

Er durchschnitt die feine bindegewebige Lamelle, die das Unterhautfettgewebe von der Halsmuskulatur trennt. Ein ganzer Strang voller Gefäße, Nerven, Strukturen stellte sich dar. Alles sah schön aus, komplex und sinnvoll, nur an einer Stelle schimmerte ein bläulicher, fast grünlich wirkender Knoten durch. Er war von einem feinen Häutchen umgeben, durch das er Blutgefäße hungrig in die Tiefe des Halses zog. Wir präparierten und tupften, rieben und schnitten um den Knoten herum, um ihn freizulegen. Ganz zäh ließ sich eine feine, spinnennetzartige Schicht von ihm lösen, wie man sie manchmal an einem frischen Stück Fleisch findet, das man zubereiten will.

Wir lösten das derbe Gewebe aus seiner Umgebung. Zuerst vorne, dann an den Seiten und hinten. An der Hinterwand hing er fest.

Er hing an der Hinterwand.

Hinterwand.

Da kann man nicht hinsehen. Terra incognita. Und da läuft die Hauptschlagader.

Festgebacken, wir konnten es ertasten. Er saß an der Hauptschlagader, die zum Gehirn führt, und hatte sie bereits angefressen.

Tumore machen das, sie fressen sich mit einer fransig-faltigen, alten Hand in die purpurne Wand von Gefäßen hinein, sitzen ganz nah an der Nahrungsquelle, bekommen permanent Nährstoffe, Zucker, Sauerstoff.

Es gab jetzt mehrere Optionen. Die sicherste für den Patienten, für sein Gesundwerden wäre gewesen, die

Gefäßwand mitzuentfernen und mithilfe eines Gefäßchirurgen diesen Teil der Wand zu ersetzen. Zuerst in stundenlanger Präparation unter einem Mikroskop die gefräßige, hässliche alte Tumorhand herausbasteln, um dann mit einem Schlauch eine Umleitung zu legen oder ein Stück Gefäßwand dorthin zu versetzen.

Doch das kostet eines: Zeit. Und die hatten wir nicht.

Deshalb entfernte der Professor den Tumor einfach so, indem er eine hauchdünne Scheibe Krebsschnitzel an dem Gefäß beließ. Und Proben aus einem anderen Teil der Wunde entnahm, an dem kein Tumor saß.

Später schickte er diese als »Absetzungsrand« zum Pathologen, um die Sauberkeit seiner Operation zu dokumentieren. Die Proben waren aber etwas weiter entfernt vom Problem. Natürlich waren sie tumorfrei.

Er sah mich an. Seine hellen Augen wirkten angestrengt, verengt, in den Winkeln leicht gerötet. Trotz des versöhnlichen Blickes, den er aufsetzte, spürte ich die unabänderliche Entscheidung. Das Knirschen. Die Kühle.

»Der Mann muss eh in die Bestrahlung, das kriegst du da nicht weg …« Er trat ab und sagte: »… kannst zumachen …«, und schaute mir noch einmal in die Augen.

Dieser Blick verband uns, machte uns zu eingeschworenen Kollegen. Komplizen.

Ich sah auf das verwüstete Feld, die Anatomie, die kleinen Sickerblutungen, die noch bestanden. Ich verödete einige kleinere Gefäße, tupfte, sah in den Hals hinein, in das Kunstwerk des Lebens, wie ein Sternengucker. Ein Zauberlehrling. Ich vernähte das Bindegewebe, legte eine Drainage ein, damit das Wundsekret ablaufen konnte. Ich nähte die Unterhaut, die Haut. Tolle Hautnaht. Schön gemacht.

Der Tumor ist noch drin.

Ich legte den Halsverband an. Ordentlich.

Der Tumor ist noch drin.

Ich dokumentierte die OP im Computer. Zog mich um.

Der Tumor ist noch drin.

In der Umkleide sah ich in den Spiegel, überall um mich herum hingen weiße Kittel, die Namensschilder wie Weihnachtskugeln, auf den Bänken lagen Kugelschreiber, OP-Berichte, Krankenakten. Schuhe. Schuhe mit Tumorresten an den Sohlen wie Novemberschlamm. Im Spiegel mein Gesicht, an der Stirn der Abdruck der OP-Haube. An meinem Ohrläppchen Tumorreste. Ich wusch mir die Hände, spülte die Tumorreste ab, das Wasser floss durch den verstopften Abfluss kaum ab. Tumorreste. Ich war fertig umgezogen, sah noch einmal in den Spiegel, die Haare zwischen wirr und gebändigt, noch zwei, drei Tumorreste weggebürstet. Ich ging raus. Auf die Station.

Eine Woche später hatte ich wieder Dienst. In der Nacht, gegen zwei Uhr, wurde ich notfallmäßig auf die Station gerufen. Neonlicht, Desinfektionsgeruch und

Adrenalin. Meine Schuhe quietschten auf dem blanken Linoleum.

Auf dem Flur Hektik, eine Tür stand weit offen, noch bevor ich auf Höhe des Zimmers angekommen war, meldete sich mein Beeper ein weiteres Mal. Im gleichen Moment sah ich den Pfleger auf mich zulaufen. Er schrie mich an: »Mitkommen, der Schmidt blutet.«

Ich rannte in das Zimmer, der Boden war voller Blut. Nicht einzelne Spritzer, sondern ganze Lachen, sodass ich mit den Schuhen die geronnenen Batzen wegschleuderte.

Auf einem Bett, das irgendwann mal weiß gewesen sein musste, lag Schmidt in seinem Blut. Es lief ihm aus dem Hals. Es tropfte nicht, es lief. Der ganze Hals war dick geschwollen, die Drainageflaschen waren komplett gefüllt.

Der Mann lag da, Schweißperlen auf der Stirn, in seinen aufgerissenen Augen leuchteten die Neonröhren.

Ich rief nach dem Herzalarm. Der Stationspfleger drückte den Knopf, ich drückte auf den Hals. Ich hatte keine Handschuhe an, das warme Blut unter meinen Händen, zwischen meinen Fingern.

Ich schrie: »Herr Schmidt, ich werde Sie in den OP bringen!«, und zugleich wusste ich, dass er mich kaum hörte.

Ich zog mir Handschuhe an, schnell. Am Zeigefinger riss er ein, meine weiß leuchtende Fingerbeere schaute heraus, an ihrer Spitze eine rote Perle.

Vermutlich hörte er seinen Herzschlag, dumpf, bohrend, der mit jedem Auswurf eine Tasse frisches Blut durch die geplatzte Schlagader in den Hals und nach draußen drückte. Unersetzliches Blut, das eigentlich vom Gehirn gebraucht wurde, von den Nieren, vom Herz selbst. Ich schätzte ab, wie viel schon verloren war, schrie nach einer Infusion, während ich so kräftig auf den Hals drückte, dass der Mann unter mir aufstöhnte. Der Pfleger brachte eine Infusion, drehte voll auf.

Die Anästhesisten kamen rein. Professioneller Blick. Die Überraschung weit hinten in den Augen.

»Arrosionsblutung der Carotis, wir müssen sofort operieren.«

Sie legten einen weiteren Zugang in die Handvene, jemand anderes benachrichtigte den OP.

Wir rollten aus dem Zimmer, Schmidt starrte die Lampen an, seine Augen zuckten mit dem Licht an der Decke, als würde er mit dem Zug in den Urlaub fahren und dabei aus dem Fenster sehen.

Ich ging mit in die Einleitung, der Anästhesist bediente sein Narkosegerät sehr schnell, nahm einen Tubus und machte sich bereit. Um den Hals nicht abzudrücken, ließ ich kurz los. Es kam kein Blut mehr aus der Wunde. Die Haut blieb weiß, als übte ich immer noch Druck aus, so weiß wie die Klinikwand hinter uns. Ecru.

Der Narkosearzt fuhr mit dem Spatel in den Mund des Patienten, in der anderen Hand hielt er den Tubus bereit.

»Ich seh nichts, Sauger …«, schrie er, zog den Spatel wieder heraus und saugte dickes Sekret mit geronnenem Blut aus dem Hals.

Als der Anästhesist einen neuen Anlauf zum Intubieren machen wollte, hörten wir einen Dauerton. Herzstillstand.

Ich drückte rhythmisch auf seine Brust, ab und zu ertönte ein Rülpser, manchmal quetschten sich rot glitzernde Blutstropfen müde aus der Wunde.

Seine Augen sahen zur Decke, die Pupillen weit. Tränentümpel am Lidrand. Ich pumpte, die Anästhesisten gaben mir Kommandos. Sie intubierten. Sie beatmeten. Da kam jemand in die Einleitung und übergab dem Anästhesisten einen kleinen Zettel. Darauf stand der Hämoglobin-Wert. Er lag bei 2,3. Der Mann hatte zum Zeitpunkt der Blutabnahme kein Blut mehr im Gehirn.

Nach fünfzehn Minuten drücken: kein Herzschlag.

Der Anästhesist telefonierte mit seinem Oberarzt.

Dann sagte er: »Aufhören.«

Das tat ich.

Ich sah Schmidt noch einmal an.

Er war noch zu jung. Wie um das zu bestätigen, legte sich eine glänzende schwarze Haartolle jetzt noch einmal anders hin, fiel ihm in die Stirn. Als käme er gerade vom Sport, als wollte er sich nur kurz hinlegen und ausruhen.

Ich wusste nicht, ob ich in der Situation mitfühlte.

Ich wusste nicht, was ich konnte.

»Können wir nicht mehr tun?«, schrie hinter meiner Stirn irgendjemand. »War es das?«

Ich wusste nicht, was ich fühlte.

Das Ausfüllen des Protokolls mit dem Anästhesisten brachte mich in die Welt zurück. Wie sich später herausstellte, hatte sich nach der Operation ein Aneurysma an der Halsschlagader gebildet, eine kleine, dünne, empfindliche Blase, wie an einem Gartenschlauch, wenn die harte äußere Umhüllung eingerissen ist und der dünne schwarze Gummischlauch rausquillt. Und Herr Schmidt verblutete nicht nur aus der Wunde, sondern in seinen Magen und zuletzt, als er keine Kraft mehr hatte zu husten, auch in die Luftröhre.

Später sollte der Professor sagen, dass die OP super verlaufen sei: »Da war gar nix.«

Vor dem Chef.

Abgesehen davon hatte keiner von uns, die unmittelbar beteiligt waren, je mit Schmidts Familie geredet. Das würde die Station erledigen, irgendein Assistenzarzt. Von uns wurde nicht ein Wort gesprochen. Doch die Familie wollte mehr wissen, forderte über einen Rechtsanwalt den OP-Bericht an und die Krankenakten. Also wurde auch unser Mann für solche Fälle eingeschaltet.

Verantwortlich war ein spezieller Oberarzt. Ein gedrungener, fast rundlich wirkender Mann mit ausgefranstem Vollbart, der sich um den Mund herum mit der Mittagssuppe vollsog. Er hatte ganz andere Interessen, als an der Klinik zu sein. Er hatte vor allem keinerlei ärztliche Verpflichtung, er war ein Beamter, ein Staatsbeamter, dessen Wirken niemand in Zweifel zog, da seine Position einfach besetzt sein musste. Er stand in der Klinik und wollte keine Patienten sehen. Er stand im OP und wollte nicht operieren. Er stand bei der Visite und wollte nicht diskutieren. Er war hier und wollte nicht hier sein.

Aber das Leben hatte ihn hiergelassen. Das System hatte ihn nach oben gespült, wie so viele, wie Treibgut, ohnmächtig, die eigene Position zu ändern. Er stand jeden Morgen, an dem keine Ausrede und kein Kongress seine Absenz rechtfertigten, in der Frühbesprechung. Er kniff die Augen zusammen, sah auf den Boden, den glänzenden. Äußerte sich nicht zu den Vorgängen in der Nacht, die der Diensthabende berichten musste. Er stand einfach nur da. Durch sein Dastehen gab er Halt, die weniger Erfahrenen konnten berichten und abgeben und sich distanzieren. Er schwebte über den Ereignissen, der Dienst in der Klinik war eine zu erledigende Arbeit, ein Tagwerk. Oder: Es war ihm schlichtweg egal. Es war ihm egal, wie OPs ausgingen, solange sein Name, sein Verantwortungsbereich damit nicht verknüpft waren. Solange der Mann selbst in Frieden gelassen wurde und pünktlich gehen konnte, war ihm alles recht.

Die anderen Kollegen bezeichneten ihn als »alten Hund«. Wir schauten alle zu. Auch ich schaute zu. Was gab es auch zu tun, was hätte ich tun können? Er übernahm die Korrespondenz mit dem Rechtsanwalt von Schmidts Familie. Gab dem Schicksalhaften, auch dem Fehler, eine Figur.

Ich sah ihn am späten Nachmittag in Zivil und mit einem Stapel Akten unterm Arm zum Ausgang hasten. Die Akten waren seit Jahren dieselben. Von hinten sah es so aus, als ob sein Bart der Welt in seinem Rücken vorsichtig winken würde.

Ohne eine Falte im Gesicht erzählte er am nächsten Tag, wie die Gerichtsverhandlung bei Schmidt gelaufen war. Erzählte – so trocken, dass man ihm ein Glas Wasser anbieten wollte –, wie fehlerhaft ein Gutachter argumentiert habe und warum die OP genau so korrekt und dann aber verhängnisvoll verlaufen sei.

Ich habe nicht verstanden, ob er seine Teilnahmslosigkeit am Geschehen nicht doch im Innersten seines Hundeherzens wie einen Stein spürte. Oder ob er einfach nur professionell funktionierte. Ich stand mit dem Operateur von Schmidt neben ihm vor dem Aufzug, als er uns von der Verhandlung berichtete. Nur der Aufzugschacht atmete.

Tierchen

Der Beeper ging. 23:45 Uhr

Ein durchdringender, hoher Ton.

Alarm.

Bereits nach einer Sekunde war ich hellwach, keine Zeit zum Überlegen. Noch im Bett rief ich die Nummer an, die das Display des Beepers erschöpft anzeigte. Die Nothilfe. Ich erfuhr, dass ein betrunkener Mann mit einer Nasenverletzung gekommen war. Täglich Brot in der HNO. Ich schälte mich aus den warmen Laken, wusch mir das Gesicht und machte mich langsam auf den Weg, zählte die Gänge, die ich hinter mich bringen musste, die glänzenden Bodenabschnitte, die sich mit matten Abschnitten abwechselten. In der Nothilfe lag ein Bär von Mann auf einer Trage, das Gesicht zum Teil von einer blutigen Kompresse verdeckt. Um ihn herum standen drei dunkelhaarige Männer. Türken. Der Bär auf der Trage schnarchte. Von Zeit zu Zeit schob er die Lider, an deren Ränder lange, zu Büscheln verklebte Wimpern blühten, mühevoll auseinander, dann sondierte mich ein dunkles Auge, um gleich von einem wehleidigen Seufzer wieder geschlossen zu werden.

Ich stellte mich kurz vor und untersuchte den Patienten gemeinsam mit einer Krankenschwester. Seine Nase fehlte. An ihrer Stelle klaffte ein ausgefranstes, blutiges, dreieckiges Loch, durch das man auf die Nasenmuscheln sehen konnte, turbinenartige Schleimhautvorsprünge in der inneren Nase. Ich saugte Blutreste ab und sah mir das genauer an. Ein Teil der Scheidewand stand noch, der ganze vordere knorpelige Teil der Nase war weg. Ich legte wieder eine saubere Kompresse auf das Loch.

Fragte die umstehenden Männer, wie das geschehen sei. Plötzlich war es still im Raum, man hörte das Reiben der Steinchen an ihren Schuhsohlen auf dem Kunststoffboden.

Die drei waren seine Söhne. Unterschiedlich groß, muskulöse Arme, mit Bauch.

Einer, der seinem Vater, sofern ich das auf den ersten Blick beurteilen konnte, ähnlich sah und der Älteste sein musste, erklärte mir mit lallender Stimme und starkem Akzent, dass sie den Papa hergebracht hätten. Er sagte, dass sie gemeinsam unterwegs gewesen seien, es war Ramadan. Am Abend feierten die Fastenden, dass sie wieder einen Tag geschafft haben. Sie hatten gegessen und getrunken, auch Raki.

Ach.

Dann, Nachhauseweg. Betrunken stürzte der Papa

nach vorn und fiel auf den Lichtschacht eines Mietshauses.

»Weißt, wo so ein Metallgitter drauf ist und drunter Keller ist. Der Papa ist voll draufgefallen. Lag da wie tot. Und haben wir ihn am Fuß genommen und rausgezogen. Und dann war das da.«

Er deutete auf den Papa, der schnaubte, die Kompresse hob an einer Ecke ein wenig ab und legte sich wieder auf das Mittelgesicht. Ein betrunkener fliegender Teppich.

Was die Söhne nicht gesehen hatten, war, dass die Nase fest zwischen den scharfen Metallmaschen eingeklemmt war. Der Papabär war mit seinem vollen Lebendgewicht und aufgehobenen Schutzreflexen auf das Gitter gestürzt. Die Jungs wollten ihren Vater befreien, zogen ihn an den Füßen und Schultern hoch und richteten ihn auf. Dabei war es passiert. Das Fitnesstraining hatte sich ausgezahlt. Sie wussten auch nicht genau, wie das geschehen konnte. Achselzucken und gedämpfte suchende Blicke.

Seine Söhne hatten ihm die Nase abgerissen.

Ich fragte: »Wo ist die Nasenspitze?«

Einer der Typen griff in die Jackentasche, wühlte mit stärkerem Armeinsatz darin herum, als suchte er seinen Autoschlüssel, sein Gesichtsausdruck wurde fast freudig, er hatte was gefunden, und dann hielt er mir die komplette vordere Nase hin, ein Stück seines Papas mit einem Taschentuchflicken drauf.

Ich sah die dicken, dunklen Poren auf der Haut, den

Steg der Scheidewand, die blutverkrusteten Nasenhaare, die verkratzte Haut.

»Is stecken geblieben.«

Mit einem grundehrlichen Ausdruck hielt er sie mir entgegen, als wollte er heute ausnahmsweise auf den Finderlohn verzichten. Ein Requisit aus einer Tragikomödie. Einem Stummfilm.

Ich nahm das Gewebe an mich, legte es in eine sterile Kompresse, der Findersohn sah zu, ich erklärte ihnen nebenbei, dass ich versuchen würde, die Nase wieder anzunähen, es aber sein könne, dass das nicht funktioniert.

»Super«, sagte der Sohn.

Der Bär hinter uns schnaubte und stammelte etwas, das keiner verstand. Die zwei stummen Jungs wandten sich zu ihm hin, sahen auf den Chef, der wiederholte es, dann grinsten alle. Ich auch.

Der Mann musste schließlich von der Trage in ein Klinikbett bewegt werden. Alle halfen zusammen, und als er sich auf die Matratze fallen ließ, segelte die Kompresse, auf der braune und rote Flecken schillerten, wie ein Kastanienblatt zu Boden. Der Bär sah langsam hinterher und griff danach, dabei harkte seine Pranke traurig durch die Luft. Er fixierte den Ältesten, schnarchte seufzend durch das Loch im Gesicht und rotzte dabei einen braunroten Fladen auf die frische Bettdecke. Der kopfschüttelnde Sohn grummelte seinen Vater mahnend an und versuchte, mit dem Rest des Taschentuchs, in das vorher die Nase gewickelt war, den Fleck wegzuwischen. Hinter seinem Rücken feixten die beiden anderen. Gemeinsam schoben wir das Bett mit dem Bären, der sich nun eine frische Kompresse auf das Nasenloch presste, an den müden Figuren im Wartebereich vorbei in den OP.

Die OP-Schwester reinigte die Nasenspitze, ich schnitzte die trockenen schwarzen Ränder mit einem Skalpell weg, um lebendes Gewebe freizulegen, das wieder mit der Gesichtshaut verwachsen konnte. Gewebe ohne Blut fühlt sich entseelt an, ist wie Material, die Haut wie Leder, der Knorpel wie Sperrholz. Der Bär konnte nicht in Vollnarkose versetzt werden, dazu war er noch zu betrunken. Er spürte, wie ich die Infusionsnadel legte, und zog fluchend die Hand weg. Ich sprach zuerst laut mit ihm, dann leiser, irgendwann gar nicht mehr, machte einfach weiter.

Ich injizierte ihm mehrere Spritzen Lidocain in den Rand des Loches. Er stöhnte. Dann schnitt ich auch dort die zerfetzten Ränder weg, bis frisch blutendes Gewebe zum Vorschein kam. Ich nähte die Unterhaut und die Haut schichtweise an und versuchte anschließend den Restknorpel mit der Nasenspitze im Inneren zu vereinigen. Das gelang nicht gut, der Knorpel war zerquetscht und zusammengeschnurrt wie ein vertrockneter Hähnchenflügel. Aber es war einen Versuch wert. Ich tamponierte mit antibiotischen Salbenstreifen, Nasenverband.

Ich ging zu den wartenden Söhnen und sagte ihnen, dass alles gut gegangen sei.

»Super«, sagten sie und wirkten bereits etwas nüchterner.

Tage später hatte er einen Termin bei mir in der Sprechstunde. Die Söhne waren nicht dabei. Seine Nase sah aus wie ein Tapir-Rüssel und gab seinen groben, gegerbten Gesichtszügen etwas unerwartet Niedliches. Eine plastische Rekonstruktion lehnte er ab, obwohl ich das gern gemacht hätte. Wir waren beide nicht zufrieden.

Nach dem Eingriff an der abgerissenen Nase legte ich mich wieder ins Dienstzimmer. In meinen Bau. Ein verlassener Ort in einer versunkenen Stadt. Diesem Raum sah man an, dass viele Menschen nur widerwillig in ihm Zeit verbrachten. Alles darin war nur für eine Nacht. Ein Kühlschrank, leer, lau. Getränkekästen mit Mineralwasser, in denen jede Flasche halb ausgetrunken war. Im Schrank Ersatzbatterien für den Dienstfunk. Ich versuchte, die Augen zu schließen. Draußen schaffte es ein warmer Hauch von Juni, die Metallverblendungen der Außenfassade ein wenig von der Wand abzuheben. Immer wieder schnellte sie zurück. Es klang, als würde das Gebäude sprechen. Es flüsterte und murmelte einen resignierten alten Schlager vor sich hin. Manche konnten ihn hören, glaube ich. Das Krankenhaus war eine Burg, in der Menschen gegen einen unsichtbaren Feind kämpften: Krankheit. Ein Bollwerk, von Menschen gemacht. Es kämpfte jede Sekunde seines Daseins.

Der Beeper. 3:23 Uhr

Die Nothilfe. Schon wieder. Die Nacht war endgültig vorbei, damit auch der nächste Tag. Ich rief an und erfuhr, dass ein Mann mit Ohrenschmerzen warten würde.

»Bitte kommen, hier steht ein Herr mit dem Gefühl, was im Ohr zu haben.«

Ich war sauer. Es war Samstagmorgen. Da kann man ruhig noch bis acht Uhr warten, bevor man in eine Klinik geht. Fehlende Kompetenz für den eigenen Körper.

Ich machte mich auf den Weg zur Nothilfe. Der Boden glänzte. Spiegelte. Aggressiv stolperte ich in die HNO-Kabine, vor mir stand ein Mann. Er saß nicht, er stand. Er hatte einen Vollbart, lange Haare, einen wollenen grünen Umhang und einen Stock. Ein Schäfer. Ein Schäfer-Jesus. Es roch nach lehmhaltiger Erde.

Jesus sagte mir, dass sich in seinem rechten Ohr etwas bewegen würde. Er spüre es genau. Seine dunklen Augen funkelten. Ich konnte keine Pupillen erkennen.

»Da ist was«, sagte er mit erstaunlich sanfter Stimme. Deutete auf sein Ohr. »Es tut weh und läuft rum.«

Das passiert sehr häufig. Menschen denken oft, ein Parasit oder ein Insekt wäre in eine ihrer Körperöffnungen eingedrungen. Manche werden davon wahnsinnig.

Ich sah in sein Ohr. Riss das Mikroskop auf die richtige Höhe und schob einen Ohrtrichter in den Gehörgang, wo ich einige dicke schwarze Haarbüschel aus dem Weg drängen musste, um etwas sehen zu können.

Mir stockte der Atem.

In seinem Trommelfell steckte ein Käfer. Er hing mit dem Kopf im Mittelohr und mit dem Körperende im Gehörgang. Seine Beine zuckten, und ich sah, wie die kleinen Membranen an seiner Seite rhythmisch pumpten. Unter dem hellen Licht des Mikroskops schillerte er dunkelgrün. Er schien die Wärme zu verspüren, denn er bewegte sich jetzt stärker und strampelte mit den Beinen. Ein Lebewesen in der Falle.

Jesus stöhnte.

Ich war erstaunt. Wortlos nahm ich ein kleines Fasszängelchen und packte das Insekt an seinem Hinterteil, wobei ein wenig oranges Gewölle austrat. Vorsichtig zog ich ihn aus dem Trommelfell. Ein kleines Loch mit ausgefransten Rändern blieb zurück.

Den Käfer legte ich auf eine Kompresse und zeigte sie Jesus. Er zuckte erschrocken zusammen, seine Augen weiteten sich, klemmten sich grüblerisch unter die buschigen Brauen. Er sah mich tiefsinnig an. Er sagte gar nichts. Er schaute den Käfer an, dann mich, den Käfer, dann mich, dann den Käfer. Dem hatte meine Zange offenbar den Rest gegeben.

Jesus stand wortlos auf und verließ das Behandlungszimmer.

Ich sagte: »Hallo, warten Sie doch, ich schaue noch mal in Ihr Ohr …«

Aber er war schon weg. Im Gang vor der Notaufnahme sah ich, wie er schnell durch die große Schiebetür in den Nebel eines schlecht gelaunten Morgens humpelte.

5:36 Uhr.

Jetzt war es fast zu spät zum Schlafen, ich hätte mich eigentlich noch um die Station kümmern müssen. Verbände wechseln, Nasen absaugen, Blut abnehmen. Entlassungen von Patienten, die ich noch nie in meinem Leben gesehen hatte. Doch nach dieser Nacht legte ich mich trotzig hin. Und wurde um sechs Uhr geweckt. Mein Beeper.

Auf der Station wollte jemand einen Arzt sprechen. Und zwar sofort. Man hatte es ihm erklärt, aber der Patient wollte einen Arzt sprechen.

»Um diese Zeit?«, fragte ich.

»Jetzt sofort.«

»Was hat er?«

»Einen Hörsturz, und er macht sich Sorgen, er lässt sich gar mehr nicht beruhigen.«

Ich putzte mir die Zähne und sah in den Spiegel. Unter dem Spiegel war eine kleine Lampe angebracht, die sehr hell war. Man sah gar nicht schlecht aus in diesem Licht, tonisiert und faltenlos, selbst nach dem Nachtdienst. Die Enttäuschung kroch erst später, im Auto, in einem hoch, wenn man bei helllichtem Tag nach Hause fuhr und sich im Rückspiegel entdeckte.

Auf der Station traf ich auf einen Mann, dessen Augenringe so intensiv blau schimmerten, dass man meinen konnte, er sei geschminkt. Schmale Lippen, Bartstoppeln, Haare in den Ohren. Er sah sehr unglücklich aus.

Seine Augen waren grau, als er sagte: »Es ist keine Verbesserung eingetreten, ich bekomme jetzt schon die dritte Infusion.«

Eine Pause entstand, in der ich mir einbildete, die Kaffeemaschine im Stationszimmer zu hören. Er roch aus dem Mund, zusätzlich.

Abgestandenes Leben.

Ich redete mit ihm. Schnell wurde klar, dass der Inhalt meiner Ausführungen völlig nebensächlich war, darauf kam es auf keinen Fall an. Er wollte einfach mit jemandem sprechen. Hauptsächlich aber wollte er jemanden haben, der ihm zuhörte, und so unterbrach er mich schnell und sagte: »Kann das vom Stress kommen.«

Er intonierte das aber nicht wie eine Frage, sondern betonte alle Silben genau gleich.

Wieder hörte ich die Kaffeemaschinengeräusche von nebenan.

Ich sagte: »Es tut mir leid, ich habe jetzt leider keine Zeit mehr, bitte klären Sie das gleich mit dem Stationsarzt«, und stand auf.

Er stand auch auf. Ich nickte, er nicht. Für einen souveränen Abgang blieb ich eine Millisekunde zu lang stehen. Irgendwie tat er mir leid.

Ich schlurfte über den Gang, der Boden war geschmolzen, und ich sank bei jedem Schritt ein wenig ein. Die Lösung für diese Nacht war eine Tasse Kaffee. Ich roch ihn schon, den warmen, guten, versöhnlichen Kaffee. Der alle grellen Düfte auslöschte und inneren

Frieden schaffte. Weil es, während man ihn trank, keine Kranken geben würde und keine Mediziner.

Das Stationszimmer lag in der Mitte des Flurs, außer mir war niemand hier.

Da stand gar keine Kaffeemaschine.

Wille

Ich war unendlich müde, meine Knochen waren instabil, meine Muskeln warteten verhärtet unter der Haut, meine Augen klebten schwer in ihren Höhlen. Ich freute mich, nach Hause zu kommen, und sperrte sofort die Tür hinter mir ab. Das Rauschen in meinen Ohren klang lange nach. In ihm fühlte ich mich ganz allein.

Der Schlaf kam schnell und war tief.

Es dämmerte bereits. Die dicken Tropfen eines mürrischen Regens fielen auf eine festgetretene lehmige Straße in Königsberg. Gelb eingetrübt sprangen sie noch einmal kurz vom Boden ab, um dann in der Luft zu platzen. Die Häuserfassaden zeigten an ihrem unteren Ende einen handbreiten gelbbraunen Rand. Das Wasser stand in der Luft. Manchmal trotteten Pferde vorbei, aus deren Nüstern eine Dampfsäule ragte, die dieselbe Farbe hatte wie der Regen. Kutschen warteten vor einem Wirtshaus, dessen Fenster angenehme Wärme versprachen. Auf der Gasse davor fiel ein betrunkener Junge in den Schlamm, raffte sich auf und kam ein wenig näher. Er hatte keine Zähne im Mund, wollte mir etwas sagen, roch nach Erbrochenem. Er fiel wieder auf die Knie. Ich wollte ihm nicht helfen, ging stattdessen zur Tür des Wirtshauses und schob sie auf.

Drinnen empfing mich ein unglaublicher Lärm. In den Rauchschwaden hingen derbe Gerüche: feuchter, alter Tabak, Bier, vergorene Speisen, Urin.

Ich setzte mich auf einen alten Holzstuhl, mir gegenüber ein unpassend gut gekleideter Mann mit weißem Haar. Er sah mich streng an.

Wortlos stellte mir ein unförmiger Alter mit verschmierter Schürze um den Bauch ein Bier hin. Die Hälfte des Glases war mit Schaum gefüllt. Es schmeckte, als würde ein Heuklumpen im Fass schwimmen. Als ich das Glas auf dem Tisch absetzte, stand da: *Was darf ich hoffen?*

Mein Gegenüber beobachtete mich mit zusammengekniffenen Augen.

Ich nickte.

Er nicht.

Sein Gesicht hatte etwas Ernstzunehmendes, zutiefst Deutsches, eine schwere Seele kämpfte mit einem weichen Herzen.

Er sagte etwas in einer viel zu hohen Stimme. Ich konnte ihn im Wirtshauslärm kaum verstehen.

»Der gute Wille darf nicht nach seinen Folgen beurteilt werden. Er ist an sich gut.«

Neben uns fiel ein Bierkrug zu Boden, das bittere Gebräu spritzte mir an die Hose und fing sofort an zu riechen.

»Haben wir einen freien Willen …?«, erwiderte ich.

»Der Mensch ist ein Wesen der Vernunft. Es gibt Maximen.«

Ich schob meinen Kopf ein wenig nach vorne, um mehr zu verstehen und mich besser konzentrieren zu können.

»Durch die Vernunft … ist der Mensch selbst gesetzgebend. Handle stets so …«

Ein Schrei gellte durch die Kaschemme und zerschnitt den Rauch. Ein Mensch mit einem langen Messer stand auf einer Bierbank und zerstückelte die Luft vor sich. Einige Männer standen auf und drückten sich an die Wand, einige verschwanden durch die Tür nach draußen. Der Mann auf der Bank trug einen Kopfverband. Einen schwarzen Kopfverband. Er schrie und brüllte Fetzen in einer Sprache, die ich nicht verstand. Er wirkte fanatisch.

Ich wachte auf, mir war kalt. Die Ohrgeräusche waren verstummt, an ihrer Stelle ein Nichts, eine kraftlose Auflösung. Ich versuchte, wieder einzuschlafen, musste aber an die Klinik denken. Ich war mir nicht ganz sicher, ob ich den Tupfer aus dem Hals von Herrn Schmidt entfernt hatte. Enttäuscht von meinem Traum schlief ich wieder ein.

Fürsorge

Es war nichts los, ruhige Kugel.

Ich saß bei den Schwestern herum und trank die vierte Tasse Kaffee, eine bittere Vergebung.

Die Lichter im OP waren aus.

Ab und zu verirrte sich eine Tinnitus-geplagte alleinerziehende Mutter zu uns. Man hörte, wenn ein Patient die Ambulanz betrat: Zum einen musste eine schwere Tür aufgedrückt werden, zum anderen erzeugte der Boden quietschende und knarrende Laute. Es war quälend.

Auf dem Tisch standen eine Milchtüte und eine angefressene Nussschnecke verloren herum.

Auf einmal flog die Tür auf. Wir merkten sofort, dass etwas anders war.

»Schnell, Nachblutung, wo ist der Dienstarzt …?«

Die Stimme zwängte sich aus dem Rachen eines Kinderarztes, der ein Kind in seinen Armen trug. Aus dem Mund des Mädchens quoll Blut, die Augen standen offen. Es war weiß wie die Wand.

Wir rannten in den OP, alarmierten den Anästhesisten und die OP-Schwestern. Nur mühsam kam die Maschinerie in Gang. Endlos lange Sekunden.

Das Kind musste etwa sieben Jahre alt sein, es lag auf der OP-Liege, der Kinderarzt stand mit blutbespritztem Kittel daneben.

»Vierter postoperativer Tag nach TE. War schon zu Hause. Hat plötzlich spritzend angefangen zu bluten.«

»Warum war sie zu Hause?«

»Die Eltern haben sie am dritten Tag gegen ärztlichen Rat aus der Klinik geholt. War alles ein wenig schwierig.«

Wenn sich nach einer Mandelentfernung Wundbeläge von arteriellen Gefäßen lösen, kann es zu bedrohlichen Blutungen kommen. Eine gefährliche Situation.

Ich lief nach draußen. Sah nach, wo der Kollege und der Anästhesist blieben … ohne ihn waren wir verloren.

Verloren.

Die letzte Instanz war ich. Mein Handwerk entschied.

Wenn ich jetzt versage, stirbt ein Kind.

Eine Situation, die theoretisch als Arzt vorstellbar, praktisch jedoch nie greifbar ist. Der unbedingte Fürsorgewille reibt sich an der Hilflosigkeit. Ein Leben, auf das man aufpassen will und muss, versinkt unerwartet. Wenn nichts getan wird, ist es weg. Für immer. Spürt man, wie dieser Gedanke in einem geboren wird, als kreischendes kleines Monster, muss man ihn sehr schnell zertreten, handeln, bevor er zu mächtig wird.

Kurz war er da, mit grüner Wucht. Bitterer Erregung.

Strikte Regeln im Ablauf sind das beste Gegenmittel.

Das Mädchen schnaufte ganz leicht, dabei zerplatzte eine blutige Luftblase in seinem Mundwinkel. Der Kollege kam mit kleinen Augen und hektischen roten Flecken am Hals in die Umkleide. Der Anästhesist hinterher, er zog noch sein Holzfällerhemd aus.

»Komm mit, wir müssen intubieren, umziehen kannst du dich später …!«

Er sah mich verdutzt an. Zusammen stolperten wir in den OP.

Wir versuchten, eine Nadel in die kollabierten Venen zu legen. Infusionen im Schuss. Blutabnahme. Hb-Wert 6,2. Scheiße. Sie hatte die Hälfte ihres Blutes schon verloren, möglicherweise in die Lunge eingeatmet. Wie um eine Antwort zu geben, stöhnte das Mädchen auf, kleine Blutstropfen vor sich hin sprotzend.

Ich dachte: Wie sieht der Mund aus? Sehen wir ein Gefäß? Bekommt der Anästhesist den Tubus rein? Müssen wir den Hals aufmachen und die Schlagader unterbinden? Wieso ich? Wieso ich? Wieso ich? Was für ein Riesenscheiß.

In solchen Situationen darf die Distanz zur Rolle nicht verrutschen. Ich bin der Arzt. Das kreischende Monster ignorieren. Rationalität.

Der Anästhesist intubierte.

Er hörte die Lungen ab.

»Sie brodelt, sie hat aspiriert«, flüsterte er seltsam leise.

Wir verkabelten das Kind. Bei der Rachenuntersuchung sah ich an der rechten Seite, da, wo die Mandel gewesen ist, einen zähen Brocken Blut, weiter unten im Schlund stieg ein hellroter See an.

Aus einem kleinen Löchlein lief müde ein dünner Faden Blut, kaum zu sehen. Ich nähte die Wunde nochmals zu und umstach den Wundgrund.

Die Blutung stand. Kein Problem.

Hb 5,5. Sie hatte noch mehr Blut verloren. Aber es stand. Still. Das Piepsen des EKGs hallte besorgt von den Marmorkacheln im Raum wider. Einige Sekunden verharrte ich so, starrte in den Rachen, meine Atmung synchron zum leisen Fauchen ihrer Beatmung.

Eine Schwester brachte Blutkonserven.

Wir entschlossen uns, den Hals aufzumachen. Sicherheitshalber musste ein Teil der äußeren Schlagader, die den Rachen mit Blut versorgt, unterbunden werden, um die Gefahr einer weiteren Nachblutung zu minimieren. Alles verlief problemlos.

Ich ging einige Tage später auf die Intensivstation, sie saß auf dem Bett, der Kinderarzt lächelte mich an und sagte mir, dass sie keinerlei Ausfälle habe. Gut.

Keine Neurologie, sagt man dazu. Das Gehirn hatte nichts abbekommen.

Ihre Mutter war auch da.

Ich: »Ihr Kind hatte eine Nachblutung, und wir mussten notfallmäßig noch mal operieren und einen Teil der Halsschlagader zumachen, deshalb hat Ihre Tochter den Verband am Hals.«

Die Mutter sah mich an, sie schielte leicht, ich sah, wie ihre Kaumuskeln arbeiteten.

»Und wann darf sie jetzt heim?«

»Wir würden sie gerne noch eine Woche ...«

Aus dem Bett fiel ein Stoffhase mit einem Ohr auf den Boden. Die Mutter bückte sich, schleuderte den Hasen auf die Decke und zischte: »Pass doch auf.« Dann drehte sie sich wieder zu mir. »Übermorgen?«

Später stritt sie mit den Schwestern um die Essensrationen. Sie wollte ihr Kind mit nach Hause nehmen. In der Klinik sei es nicht gut für die Kleine. Sie roch nach Rauch und Alkohol.

Am Entlassungstag sah ich die Mutter wieder. Sie hatte ein blaues Auge. Um ihren Nacken legten sich zwei Falten wie weicher, blasser Kuchenteig. Auf dem Arm, auf dessen Haut eine böse Kobra zischte, trug sie das Mädchen. Es hatte nur noch ein kleines Pflaster an der rechten Halsseite. Sie sah mich durch die Haarsträhnen der Mutter hindurch an und wedelte einmal kurz mit der verknitterten Tapferkeitsurkunde, die wir ihr mitgegeben haben.

Mehr nicht.

Geduld

Durch die vielen Dienste in der Klinik schritt die Zeit schnell voran. Mit einem langsamen, dumpfen Brummen. Das wenige Tageslicht teilte ich mir mit meinen Kollegen nachmittags im Arztzimmer, wo wir Briefe schrieben. Die Brieftexte blieben meist die gleichen, wir fügten nur noch die Adressaten ein. Die Sonne fiel fast waagerecht in die oberen Stockwerke, so dass sie mir direkt ins Gesicht stach.

Draußen roch es noch nicht nach Schnee, aber die Kälte drückte den Schmutz auf den Boden. Am Straßenrand verwesende Flecken gefrorenen Wassers. Steinchen, die man mit den Schuhen in die Hausflure trug. Die Luft in den Fluren schmeckte nach nassen Pullovern. Nicht die schönsten Monate.

In der Klinik war jetzt Hochsaison. Die Poliklinik war voll. Ich kam einige Minuten zu spät, die Patienten saßen bereits vor der Ambulanz.

Bei uns schlugen Menschen auf, die eine Ursache für ihre Beschwerden haben wollten, auch wenn es die nicht gab. Menschen wie irrlichternde Meteoriten, deren Umlaufbahn durch die Gravitation eines großen Sterns abgelenkt wurde. Wenn die in der Uni es nicht finden …, dachten sich die Ärzte da draußen und schickten die Patienten in die Klinik.

Nun war die Ambulanz rammelvoll.

Kein Sitzplatz mehr frei. Auf den Überweisungen standen diagnostische Floskeln, die sich wie Wahlplakate lasen: *dekompensierter Tinnitus*, *wiederholter Hörsturz*, *komplexe Schluckbeschwerden*, *unklarer Tumor*, *unklarer Schwindel* und vieles andere mehr.

Es gibt viele Menschen, deren Leid wie Schimmel auf dem feuchten Boden drängender Erwartungen aufkeimt. Sie lesen in Zeitungen, dass ein Mittel gegen Krebs existieren würde, eine Infusion gegen Taubheit oder eine neue Operation gegen Schnarchen. Und diese Hoffnung ist eine treibende Kraft, löst Wanderungen aus. Woanders wird es besser. Woanders wird mir geholfen.

Die erste Frau an diesem Morgen war etwa fünfzig Jahre alt. Ihr Gesicht von tiefen Furchen durchzogen. Sorgen und Alkohol hatten sinnlose Fragen aus ihrem Ausdruck gerieben und einem aggressiven Glauben Platz gemacht, an ein besseres Leben, irgendwann. Ihre Haut zitterte unter dem Kinn in einem apfelgroßen, haarlosen Beutel. Unterhalb des Unterkiefers spannte sie sich über einen Knoten.

»Seit drei Monaten renne ich jetzt von Arzt zu Arzt, und keiner hat etwas gefunden.« Sie machte eine kleine Pause, den Mund leicht geöffnet, als würde sie darauf warten, dass ich ihr zustimme.

Ich nickte.

»Und keiner hat mir gesagt, dass die Schluckbeschwerden auch vom Rauchen kommen können.« Wieder eine Pause, der Mund diesmal zu, der Körper etwas nach hinten gelehnt. Herausfordernd. So, das habt ihr jetzt davon.

»Mmhh«, machte ich.

»Und der Doktor Schunk, bei dem ich vor vier Wochen erst gewesen bin, sagt mir vor vierzehn Tagen, dass da ein Tumor ist. Sag ich – waaas, ein Tumor soll da sein? Wo kommt denn der her? Hat man den nicht vorher sehen können?«

Pause. Es roch nach Handschuhen.

»Mmmhhh«, brummte ich.

»Und jetzt, was mache ich jetzt?« Zurücklehnen.

Ich schaute mir den grau belegten Zapfen an, der ihr aus dem Mundboden in die Zunge hineinwuchs.

Einen Teil der Zunge würden wir entfernen können. Doch in manchen Fällen sind Menschen nach diesen Operationen Wracks, die nur mit Funktionseinschränkungen und Schuldzuweisungen weiterleben können, die nicht schlucken können und gebührenbefreit sind.

Als ich ihren Hals abtastete, ließ sich die gelbliche Schildkrötenhaut über einem hart geschwollenen Lymphknoten hin- und herschieben. Eine Metastase. An der Halsschlagader. Ich sah mir den gereizten Schlund und den Kehlkopf an, die bereits Unmengen an Rauch und Alkohol verkraftet haben mussten.

»Wir müssen den Tumor aus Ihrem Rachen entfernen und den Hals operieren.« Ich machte kaum eine Pause. »Und vielleicht muss man danach noch bestrahlen, wenn der Tumor eine bestimmte Größe und Form hat.« Das würden dann nicht mehr wir machen, sondern die Strahlentherapeuten. Sollten die sich doch damit rumärgern. Ich wusste, was ich jetzt zu erwarten hatte.

»Was, bestrahlen? Gehen mir da die Haare aus …?«

»Ja, eine solche Strahlentherapie hat Nebenwirkungen, die wir noch genau erörtern müssen, aber sie kann vielleicht notwendig werden.«

Ich sah in Augen, deren Glanz durch mäandernde violette Äderchen in einer gelben Bindehaut noch nicht ganz zerstört war.

»Das mit der Bestrahlung, das muss ich mir noch mal überlegen.«

Sie stand auf. Wir vereinbarten einen Aufnahmetermin für die Operation.

Auf Wunsch ihres Osteopathen und Heilpraktikers sollte sie diesen Termin noch zweimal verschieben. In dieser Zeit hatte er aus ihrem Schweiß eine Tinktur gemischt, die er mit Arsen in homöopathischer Dosierung versetzte und ihr als Gurgellösung verkaufte.

Die Frau hat doch einen Flachbildschirm, einen computergesteuerten Backofen, ein Smartphone, wir leben im 21. Jahrhundert. Wieso glauben Menschen so viel? So gern? Woran liegt das? Boten wir, bot die Medizin, nicht genügend Raum für Versprechen und Hoffnung? Oder sind es die Menschen selbst, die Art und Weise, nach der sie funktionieren, die ureigene Forderung nach einem unerklärbaren Wunder, einer Heilung, einem Mythos?

Während ich mich das fragte, riss jemand die Tür meines Arztzimmers auf. Schwester Hilde stand da, die Haare klebten an ihrer seborrhoischen Stirn, sie sprühte Speichel in die Luft.

»Komm schnell, wir haben einen Verrückten!«

Hilde hatte schon viel gesehen, aber irgendetwas hatte sie gehörig in Aufregung versetzt und ihr weiches, gütiges Gesicht, das von einem Werbeplakat für den Beruf der Krankenschwester hätte schmunzeln können, in eine Fratze verwandelt.

Als ich nach draußen ging, hörte ich Schreie.

»Ihr kommt mir gerade recht. Euch zeig ich's. Ich hab Schmerzen!«

Die Stimme überschlug sich nicht, sie war sonderbar ruhig, laut, klar. Ich folgte der Stimme zu ihrem Ursprung. Vor mir tauchte ein untersetzter Mann auf, Vollbart, nass glänzende Lippen, kleine, dunkle Augen, die drohten herauszuplatzen. Er hatte ein fleckiges Shirt an, über seine muskulöse Brust spannten sich Hosenträger, an denen eine viel zu kurze Jeans aufgehängt war.

Das Sportliche an ihm: Er trug Rollschuhe. Er rollte ein wenig hin und her und schrie die geschlossenen Türen an, hinter denen sich die Kollegen und Schwestern versteckt hielten. Als er mich sah, machte Bud Spencer einen Satz vorwärts.

»Ich hab Schmerzen, und keiner tut was dagegen …«

Seine Lider flackerten, und er roch nach Sellerie aus dem Mund, beschwichtigend. Die Haare waren im Genick lang. Koteletten umböschten ein mächtiges kantiges Gesicht mit erstaunlich milden Augen.

»Ich bin einer der Ärzte hier. Wie kann ich Ihnen helfen.«

Er sah mich an. Sagte, sehr langsam: »Ich hab solche Schmerzen, da drin, ganz tief«, und er griff sich an die Stirn, dann verzog er das Gesicht und schlug mit der Faust gegen die Tür der Ambulanz.

Ein irre lauter Schlag. An der Tür blieb eine faustgroße eingedrückte Stelle zurück, der Lack war abgesplittert.

»Bitte, beruhigen Sie sich, wie kann ich Ihnen helf…«

»Ich hab Schmerzen!«, schrie er mich an, rollte ein wenig näher. Dann holte er aus und boxte mit der Faust noch mal gegen eine Tür, hinter der sich einige Schwestern und Studenten zusammengekauert hatten. »Jetzt hab ich mir auch noch die Hand gebrochen …«, murmelte er und hielt sich die Hand, die in Sekundenschnelle anschwoll.

Ich wusste nicht, was in mich gefahren war, aber ich

blieb wie angeklebt vor ihm stehen. Wir waren völlig allein. Ich hoffte nicht einmal, dass der Sicherheitsdienst gleich die Türen aufriss. Für einige Sekunden war die Stille gleißend, der Mann rollte mit einem Bein vor und zurück, tänzelte, sah auf den glänzenden Boden, in dem die Deckenlichter wie stumme Zeugen nicht ohne Ironie lächelten.

Ich sagte: »Darf ich Sie kurz ansehen?«

»Ich hab Schmerzen …« Er sprach jetzt etwas leiser, hielt den Arm nach oben, da war ein gewaltiger, bedrohlicher Schweißfleck in seiner Achsel. Er schüttelte den Kopf, seine zotteligen Haare flogen durch die Luft, und ein Brotkrümel oder irgendetwas anderes segelte davon. Ich machte eine Geste mit meinen Händen, einladend oder auch hilflos. Er rollte langsam, ganz langsam durch die menschenleere Ambulanz zum Ausgang, dabei immer wieder den Kopf schüttelnd, die gebrochene Hand nach oben gereckt.

Es sah seltsam leicht aus, eine einsame Kür. Die Rollschuhe hinterließen zarte Bahnen auf dem Linoleum.

Dann war er wieder weg. Nur der Eindruck an der Ambulanztür blieb zurück.

Ich werde nie erfahren, welche Schmerzen der Rollschuhprinz wirklich hatte, dachte ich mir und sah den Sicherheitsdienst, wie er träge den Gang zur Ambulanz entlangschlurfte.

Langsam gingen die Türen wieder auf. Köpfe erschienen in ihnen. Wir machten uns wieder an die Arbeit.

Als ich durch die Wartezone lief, in der nur ein einzelnes Pärchen noch verharrte, fiel mir ein Zettel auf, der wie ein Namensschild gefaltet auf einem Stuhl liegen geblieben war. In einer hastig hingeworfenen Schrift hatte jemand etwas daraufgeschrieben: *Acht Stunden musste ich warten, um zu erfahren, dass man Tinnitus nicht heilen kann.*

Störgeräusche

Nach der Frühbesprechung standen wir noch im Konferenzzimmer. Ganz vorne die sich selbst als wichtig Empfindenden. *Sie* war auch da. In der Ecke. Ohne sie gleich gesehen zu haben, spürte ich hinter meinen Augen, dass sie in der Nähe war. Es ging um die Dienstverteilung, um die Weihnachtstage und den Jahreswechsel. Traditionell gab es eine Weihnachts- und eine Silvesterbefreiung. Viele der Assistenten und Oberärzte mit Familie wollten an Weihnachten freihaben, die Singles bevorzugten einen ungestörten Jahreswechsel. Die Zahl derjenigen, denen das egal war und die keine Anstrengungen unternahmen, um in die eine oder andere Gruppe zu kommen, war verschwindend gering. Ich sagte, dass es mir egal sei, und rückte meinen Kittel zurecht. In mir Wärme. Um mich herum Unverständnis. Sie aber verstand wortlos, ein Blick wie ein Sommermorgen, Lachfältchen nur für mich. Erhebung.

Es ging los. Der für die Dienstpläne Verantwortliche stellte nervös einen ersten Entwurf vor. Er sagte, er habe die vergangenen Weihnachtsdienste berücksichtigt. Sofort brandete Protest auf.

»Kann gar nicht sein, ich bin schon wieder am Feiertag eingeteilt …«

»Den Dienst kann ich nicht machen, da bin ich bei meinen Eltern!«

»Da bin ich nicht in München.«

Die Sätze überschlugen sich kurzzeitig wie in einer Trinkhalle. Der Pegel stieg, schrille Stimmen, bemüht ruhige Antworten, aufgeregte Einwürfe.

Draußen fing es stürmisch an zu regnen, die Metallverkleidung des Klinikums knallte in den Böen wie eine rostige Takelage. Wir waren auf Grund gelaufen.

Ein älterer Assistent spannte die Schultern an und meinte: »Wir legen jetzt die vorläufige Planung fest, besetzen die Feiertage und machen nächsten Montag mit den Details weiter.«

»Das ist doch Schmarrn!«, polterte ein dicker rothaariger Assistent in den Raum. »Machen wir den Plan jetzt schnell fertig.«

»Ich mach Silvester«, bot eine Assistentin an. Sie war nicht hübsch, hatte aber eine interessante Sanftmut in ihrem Ausdruck, die sich waghalsig von den hohen Wangenknochen stürzte. Ihre kleinen dunklen Augen lagen ein bisschen zu nah an der großen Nasenwurzel, als wollten sie sich in den Kopf zurückziehen. Dadurch schien sie ein wenig zu schielen. Auf mich wirkte ihr Blick sehr fokussiert.

»Dann übernehme ich den ersten Januar«, sagte ich.

Jetzt kehrte Ruhe ein. Die meisten Unklarheiten waren aus der Welt, zumindest für den Moment. Und das war gut so, denn die Ambulanzschwester trat in den Raum, schaute über ihre Brille und sagte: »Können wir endlich anfangen …« Sie zog den Satz gegen Ende aggressiv nach oben. Das bedeutete: Draußen war die Hölle los.

Die ersten verließen den Raum. Im Bruchteil einer Sekunde begann sich der Rest über sie zu empören.

»Der ist nie dabei, wenn's an die Feiertage geht.«

»Dieses dicke Schwein schafft's ja immer gut, im Hintergrund zu bleiben.«

»Was für eine Scheiße.«

Eigentlich sollten wir ruhig und konzentriert sein. Doch der Kampf um unsere Freizeit löste etwas Säuerliches aus unserem Miteinander heraus. Die Gruppe verlor Zusammenhalt. Unsere Verschiedenheit, die uns gerade zu einer fähigen, handelnden Truppe machte, die sich keinem Befehl widersetzen würde, wurde jetzt zu einer Schwäche.

Als wir auf den Stationsflur traten, brandete uns die Anspannung der Ambulanz entgegen. Menschen standen herum, gestikulierten, vor der Anmeldung hatte sich eine Schlange gebildet, manche hielten sich die Hand an den Hals. Ein Kind schrie, gleich stimmte ein Baby auf dem Arm seiner adipösen Mutter in das Gebrüll ein. Ambulanzschwestern liefen durch die Reihen, sahen niemanden direkt an. Wichtiger und strenger Gesichtsausdruck. An Menschen vorbeigehen, ohne Kenntnis von ihnen zu nehmen. Eine gute Abwehr. Ich kann Distanz körperlich zeigen. Das scheint ein sehr alter Mechanismus zu sein.

Vereinzelt traten ein paar Ärzte mit starren Gesichtern vor eine Tür, bemühten sich, niemanden zu fixieren, und verschwanden durch eine andere. Die Patienten sahen ihnen nach, unter einem Himmel aus Neonröhren, die hinter Blechlamellen ihr vergessenes Licht von der Decke warfen.

Auch ich ging in mein Behandlungszimmer für diesen Tag, für mein ganzes Leben.

Vor mir kauerte ein Dreißigjähriger im Anzug auf dem Stuhl, Haare zur Karriere hinfrisiert, Blick von unten, Kaumuskeln bereit zum Angriff, die Beine übereinandergeschlagen, auf dem Oberschenkel eine Röntgentüte und ein Handy. Ein Privatpatient. Unternehmensberater. Ich setzte mich ihm gegenüber und versuchte zu lächeln, grüßte und fragte, was ich für ihn tun könne.

»Ihr Kollege kommt nicht recht weiter. Deshalb bin ich da. Ich habe seit Wochen einen Tinnitus, sozusagen, und ein manchmal brummendes, manchmal zischendes Geräusch in beiden Ohren, sozusagen permanent. Jetzt brauchen wir ein Konzept ...«

Ich blieb hängen: Was bedeutete »sozusagen«?

Er reichte mir ungefragt den Umschlag mit den Röntgenbildern, veränderte seine schräg angelehnte Position nicht und erklärte mir, das seien Bilder seiner

Halswirbelsäule, und auf ihnen zeigten sich deutliche Abnutzungserscheinungen.

Ich spürte die Abnutzungserscheinungen an meiner Halswirbelsäule. Der Mann war eine lebende PowerPoint-Präsentation. Arroganz und Dummheit verstärkten sich wechselseitig. Auch ich war jetzt verspannt. Die Tür ging auf. Der Herr Oberarzt. Er glaubte wenigstens an die Dinge, die er vertrat. Komplexitätsreduktion. Sah mich an: »Haben Sie was?«

Mit »was« war ein Patient gemeint, den ich ihm vorstellen sollte.

»Ja«, sagte ich.

Er kam herein, Kittel geschlossen, der Blick abgestumpft, kurz im Beratergesicht suchend, das auf einer Hand abgestützt wurde.

Ich ließ keine Pause entstehen. »Ein Patient mit Ohrgeräuschen seit Wochen, auf beiden Seiten, Auditus normal, keine sonstigen Probleme, eine Röntgenaufnahme der HWS zeigt Abnutzungserscheinungen …«

Der Oberarzt setzte sich, sah den Mann an. Ein Offizier. Dunkle Augen, wären lieber blau gewesen. Resignation, die Würde erodiert. Der Berater nahm Haltung an.

»Dann machen Sie Massagen der HWS und Traktionsübungen« – an mich gewandt – »schreiben Sie auf, ein Rezept, zehnmal Traktionen der HWS bei chronischer myofunktioneller Reaktion« – jetzt an den Mann gewandt – »und dann nehmen Sie Ginkgo dazu« – jetzt wieder an mich – »ein Rezept, dreimal hundertzwanzig Milligramm Ginkgo für drei Wochen.« Er sah mich kurz an. Sein Blick saugte widerstandslos mein Einverständnis aus mir heraus.

Ich stellte die Rezepte aus.

Der Berater sagte kein Wort, beobachtete das Treiben, als ob es nichts mit ihm zu tun hätte. Apfelshampoo im Hintergrund. Im Vordergrund Boss.

Der Oberarztoffizier stand auf, gab ihm kurz die Hand, das Lächeln keinesfalls echt, die Augen blieben starr, sagte: »Auf Wiedersehen, den Rest macht der Doktor mit Ihnen«, und als wäre er gar nicht wirklich da, verschwand er durch die geschlossene Tür, in das Geschrei, den Dschungel hinein.

Der Übriggebliebene sah mich an, nickte jetzt auch kurz.

Ich fragte ihn: »Wie geht es Ihnen damit?«

Er legte die Stirn in Falten. »Wissen Sie, ich hab in den letzten Jahren so viel Stress erlebt, es macht mir sozusagen nichts mehr aus, wenn man performen muss«, er benutzte den Ausdruck tatsächlich, »dem entkommt man nicht, und dass da irgendwas auf der Strecke bleibt, ist ja klar.« Er ging zur Tür. »Auf Wiedersehen, oder soll ich lieber sagen: auf Nimmerwiedersehen …« Er lächelte schief und verließ langsam das Zimmer.

Ich glaubte nicht, dass wir das Problem erfasst hatten, auf keinen Fall. Aber wir hatten Antworten geliefert.

Ich trat in den Verkehr auf dem Gang. *Sie* huschte vorbei, im Augenwinkel, der Pferdeschwanz flog wie ein stolzer Schwanenhals durch die Luft, die sonst nur Zweifel enthielt. Mir wurde warm, ich dachte an den Umkleideraum. Seit dem Kuss zog ich mich gerne dort um. Obwohl meine Schuhe am Kunststoffboden klebten, trugen mich die Gedanken an sie in eine schönere Zukunft.

Das Licht der Decke spiegelte sich nervtötend auf dem Boden. Es war hell, aber irgendwie wurde das Licht absorbiert. Es roch alt, nach den Bedürfnissen der vielen Menschen in diesen Räumen. Ich war unrasiert.

So ein Morgen in der Ambulanz war nicht schön, sondern schnell. Eine Herausforderung verging, um in einer anderen dringenden Aufgabe wieder aufzutauchen. Auf der Kopfhaut spürte ich ein Ekzem. Stress.

Ich ging mit schweren Füßen an einer offenen Tür vorbei, hinter der mehrere weiße Kittel vor einem dunkelhäutigen Mann standen.

»Du verstehen, Ohren sind kaputt …«

»Ich habe verstanden, dass mein Gehör nicht mehr gut arbeitet. Was schlagen Sie vor?«

»Sie nehmen Hörgerät, hinter Ohr und besser …«

Eine Schulklasse mehrfach behinderter Kinder saß in der Ambulanz, um das Hörvermögen zu testen. Syndromkinder. Unter den Wartebänken lagen Tücher, Fläschchen, Bücher, Brezenstücke und Spielzeug, als wäre das Leben normal. Ein Kind mit einem Turmschädel hielt sich ein verklebtes Tuch an die Wange, die

Mutter las in einer Zeitschrift. Den Eltern eines Babys wurde in drei Sekunden nahegebracht, dass ihr Kind taub sei und es ein Leben lang bleiben werde. In diesem Moment beobachtete ich die Gesichter der Mutter und des Vaters, die erstaunlich gefasst wirkten. Sie waren gewohnt zu kämpfen. Auch wenn ich am eigentlichen Entstehungsprozess dieser unangenehmen Situation nicht beteiligt war, fror ich.

Ich konnte den Schmerz der anderen sehen. Er kondensierte in einem ruhigen Moment, fernab der Geräusche, zu einer galligen Kugel voller Unzulänglichkeit und Scham. Es konnte in den messerscharfen Zweifel münden, ob es überhaupt einen guten Grundgedanken hinter unserer Existenz gibt. Doch den durfte ich nur kurz zulassen. Irgendetwas musste ich an seine Stelle setzen, sodass ich all den Schmerz und all die Zweifel nicht mehr sehen konnte. Ich wusste, dass sie existierten, wollte sie aber nicht sehen.

Ich ging schnell an der Kindersprechstunde vorbei in den Ambulanz-OP.

Das Toben ließ nach, als ich die rot leuchtende Linie auf dem Boden überschritt, die den OP-Bereich abgrenzte. Sofort Ruhe, nur der Rhythmus des EKGs, ein Piepsen wie der eigene Puls, kaum wahrnehmbar.

Ich sollte eine OP abnehmen, sie hatte sie gemacht. Sie saß neben dem Kopf eines liegenden Kindes, dem die Rachenmandeln abgeschabt worden waren. Das Kind hatte einen Sperrer im Mund, der die Lippen aufspreizte, und darunter den Tubus im Rachen. In regelmäßigen Abständen beschlug der Plastikschlauch von der Ausatemluft.

Sie sah mich an, ihre Augen ein Kunstwerk, das ich nicht verstehen, aber unbedingt ersteigern wollte.

»Kannst du mal reinschauen, ob alles in Ordnung ist?«

»Gerne.«

Ich untersuchte den Rachen, sie überstreckte den Kopf des Kindes ein wenig, sodass ich hinter den Weichgaumen blicken konnte. Sie hielt einen Spiegel unter das Zäpfchen und wollte mir das Wundbett demonstrieren, dabei huschten ihre Augen über den kleinen Spiegel.

»Sieht doch gut aus.«

Sie sah mich noch mal an, vehementes Blau, sanfte Huldigung, kühler Stern, in der Mitte ein großes, unendliches pechschwarzes Loch, in das ich meinen Herzschlag steuerte.

»Fertig?«, krächzte die Anästhesistin hinter ihr, ich nickte wortlos, ohne meinen Blick abzuwenden, doch sie sah auf den Mund des Kindes und saugte noch einmal Sekret aus dem Rachen.

Auf dem Weg zurück in die Ambulanz ging ich wieder an den Syndromkindern vorbei. Irgendwer schrie nach mir, ein Mann würgte laut. Die Lichtreflexionen auf dem Boden hatten ein breites Lächeln aufgesetzt, meinte ich. Eine Frau beschwerte sich an der Anmeldung lautstark über die Wartezeit, draußen war es bestimmt kalt.

Wir müssen zuhören können, dachte ich. Unbedingt.

Stille Nacht

Weihnachten war ein unverwundbarer Zeitpunkt im Jahr.

Es gab ein Innehalten, eine Pause, die man selbst füllen durfte. Eine selbst gebackene Mischung aus Tiefe und seichtem Genuss.

Weihnachten in der Klinik wirkte entzündungshemmend. In die warme Besinnung mischte sich etwas Salziges, ein Warten, Hoffnung.

Am Heiligen Abend hatte ich Dienst, es lag noch kein Schnee, doch es wurde bereits kälter. Gerade ging die Sonne unter, und im Westen der Stadt stand nur noch ein dünner orangener Lichtstreifen über der Autobahn. In den langen Klinikfluren roch es um diese Uhrzeit nach Essen. Alles war ein bisschen dunkler. Am Eingang lag ein Haufen bunt eingewickelter Päckchen, ein Mann im blauen Trainingsanzug bückte sich zu einem Kind hinunter und flüsterte ihm etwas ins Ohr. Dahinter ein zwei Meter hoher Tannenbaum mit elektrischen Kerzen, die nicht mehr alle leuchteten.

Menschen stützten sich auf Infusionsständer oder zogen sekretgefüllte Drainagebeutel hinter sich her, als lugten Plastikschwänze unter ihren Frotteemänteln hervor. Am Kiosk stand eine Gruppe Patienten mit Ohrverbänden, die einem gelben Mann im Rollstuhl zuhörte.

Wie ein Tourist ging ich durch die Klinik, ich spürte, dass ich heute nicht hierher gehörte. Ich dachte nur kurz an die vielen anderen Heiligabende, an denen ich zu Hause bei meinen Eltern gewesen war. An die warmen Gerüche und das Sättigungsgefühl, Butterplätzchenteig. In der Klinik wateten Patienten, Besucher und die diensthabenden Ärzte durch eine Andacht, die kniehoch über der Besucherstraße lag.

Bevor ich auf die Station ging, schlenderte ich ganz bis zum Ende des Besuchergangs, wo nur selten jemand hinging. Dort, am Ende des hellen langen Ganges mit den vielen Schildern, die die Klinik von *Abdominalchirurgie* bis *Strahlentherapie* aufteilten, zweigte ein kleiner Weg zur Krankenhauskapelle ab. Hier war es ruhiger. Ein Aushang zeigte die Gottesdienstzeiten an, daneben Schwarz-Weiß-Fotos der katholischen und evangelischen Seelsorger. Sie lächelten, wie man lächelt, wenn man dazu aufgefordert wird.

Ich betrat die Kapelle. Die Luft war leer, kein Geräusch. Ich hielt den Atem an. Vor mir lag ein zurückhaltender Raum, mit Stühlen statt Bänken. Ein paar Wachskerzen brannten neben einem Altar, ein Tisch mit einer weißen Decke und einer leeren Buchauflage stand neben einem massiven Stehpult, auf dessen Front eine eingeschnitzte hölzerne Taube nach oben fliegen wollte, aber erstarrt war. Ein paar Tannenzweige auf dem Tisch atmeten Franzbranntwein aus. In einer der Stuhlreihen saß ein Mensch, mittelalt, die Haare akkurat gescheitelt, allein. Er saß da wie ein Teil der Kapelle, regungslos, sah still nach vorne.

Als ich ein paar vorsichtige Schritte weiter in den Raum machte, sah ich seine Lider im Kerzenschein flackern. Die Muskeln um seinen Mund zerrten tiefe Falten in ihn hinein. Er sah unbewohnt aus. Er drehte sich kurz zu mir um und deutete mit seinem Kopf ein Nicken an. Mein Mund antwortete mit einer Sprechbewegung, ein stummes Ausatmen. Mein weißer Kittel war steif, unbequem. Ich wusste nicht, was ich hier machte an diesem Abend. Sonst war ich auch nie hier. Ich suchte nichts. Also ging ich wieder.

Ich rannte ins Licht, auf die Station, setzte mich mit den Schwestern zusammen in die Stationsküche, auf dem Tisch lagen ein Kranz, ein Aschenbecher und Plätzchen. Ich traute mich nicht, sie zu probieren, wer weiß, wer sie gebacken hatte. Ich hörte Gemurmel, eine Tür auf- und zugehen, Papier zerreißen. Fast unhörbar lief das Radio, ein Atmen schlich durch den Raum, ein Regionalsender berichtete von überfrierender Nässe in der Nacht.

Eine sehr korpulente Schwester, die sich jedes Mal, wenn sie auch nur für ein paar Minuten in die Stationsküche kam, eine Zigarette anzündete, wies mich auf einen Patienten hin, der gerade erneut eingewiesen worden war und dem es nicht gut ging.

Ich lief über den ruhigen Flur, stille Nacht, nur manchmal hörte man ein Schnauben hinter einer Zimmertür oder, ganz weit weg, ein Telefon klingeln. Eine Tür stand leicht offen, da lag er, ein alter Bekannter.

In dem Zimmer war die Heizung zu hoch eingestellt, auf dem Bett saß er mit einer Zeitung in der Hand, nur die Nachttischlampe brannte, warm, gelb, fast wie eine Kerze.

Ich kannte ihn gut, er war schon oft da. Wir freuten uns beide darüber, uns an Weihnachten zu sehen.

Der Mann war ein Wrack. Übersät mit so vielen unheilbaren, chronischen Erkrankungen, dass die Therapie eines einzelnen Problems von vielen Zufällen abhing. Ein Eingriff in den Organismus, ganz egal, ob mit dem Skalpell oder mit Medikamenten, wird dann zu einem schwer kalkulierbaren Risiko. Diese Patienten und auch die behandelnden Ärzte werden oft gelassener. Der Verlust von Erfolgsaussichten wird in einer solchen Situation anders bewertet. Es kann gut gehen, muss es aber nicht, wir tun unser Bestes, aber schließlich bleibt der Mann ein Wrack. Im Mittelniederdeutschen bedeutet Wrack »herumtreibender Gegenstand«. Er war bei uns gestrandet.

Der Mann hatte Diabetes, kaputte Gefäße, die seinen Körper trotzdem versorgen mussten, eine chronische

Leberschädigung, und seine Nieren arbeiteten nur noch eingeschränkt. Dadurch musste sein Herz, in dem mehrere Stents wie dünne Strohhalme in den Kranzgefäßen steckten, gegen ein launisch schwankendes Blutvolumen anpumpen. Es gab Tage, da sah ich seine ausdrucksvollen, edlen Gesichtszüge untergehen in einem aufgedunsenen Gesicht, in dem braune und rote Flecken wie nervöse Wolken umhertrieben.

Ich setzte mich auf einen Stuhl an sein Bett. Die feinen Fältchen um die Augen tanzten listig, als er mir erzählte, dass er an den Adventsabenden gerne ein Glas Chianti trinke. Durch die Leberschädigung hatte er eine leichte Gelbsucht und sah nicht blass aus, sondern sogar erholt, lebhaft, interessiert. Seine schneeweißen Haare waren mit Gel, das oben an seiner Stirn wie mattes Gallert changierte, nach hinten gekämmt und hatten einen gelben Schimmer. Kam das auch vom Rauchen? Wenn er sprach, dann leise, bedacht, mit einer sonoren, reifen Stimme, die in aller Ruhe zwischen seinen schmalen braunen Lippen herausflog. Was er erzählte, trug oft Schönheit in sich: Wir unterhielten uns über kleine, unbekannte Orte im Friaul. Er erzählte von einer Frühstückspension inmitten der Weinberge. Die Tochter der Signora hatte ihn an versteckte kleine Strände mitgenommen. Ich kannte viele Strände aus seinen Geschichten, er war schon oft bei uns in der Klinik gewesen. Die Signora hieß in jeder Stadt gleich.

Zu all seinen Problemen kam schließlich auch noch ein Hypopharynxkarzinom, ein bösartiger Tumor, der tief im Schlund wie eine kleine Maulbeere vor sich hin wuchs und ihm anfänglich nur ein wenig Ohrenschmerzen beim Schlucken bereitet hatte. Die Schluckbeschwerden hatten den Mann nicht gestört und auch den Betriebsarzt seiner Firma nicht, der ihm zuerst in die Ohren sah und dort nichts feststellen konnte. Also waren alle beruhigt. Auch er. Als er zu uns in die Klinik kam, konnte der Mann kaum noch essen, und der Tumor war schon sehr gut zu sehen. Eine Operation war nicht möglich, an dieser Stelle verlaufen anatomische Strukturen, deren Zerstörung nicht mit dem Leben vereinbar ist. Durch diese Strukturen läuft auch ein Nerv, der in das Ohr zieht, deshalb die anfänglichen Ohrenschmerzen. Eine Strahlentherapie trocknete die Maulbeere aus. Doch keiner von uns konnte wissen, ob nicht einige Maulbeerzellen überlebt hatten und nach Jahren wieder beginnen würden, auszukeimen, um zu einem neuen Tumor zu wachsen. Deshalb kam er in regelmäßigen Abständen zur Kontrolle.

Heute war er aufgeregt, er erzählte mir, seine Frau habe Anzeichen für eine Demenz gezeigt, sei im Nachthemd auf die Straße gelaufen, er habe sie suchen müssen. Dreißig Jahre seien sie zusammen, und jetzt müsse er alle Schlüssel so verstecken, dass seine Frau sie nicht finden könne, denn sonst wären sie verschwunden. Dreißigmal hatte er mit seiner Frau zusammen Weihnachten gefeiert. Als er mir dies erzählte, deutete er immer wieder auf seinen Hals, mit einer kleinen, fahrigen Geste.

»Das ist schlimm«, sagte ich und tastete gedankenverloren seinen trockenen Hals ab, der von der Strahlentherapie fast umbrafarben war. Um mich besser konzentrieren zu können, sah ich in die Leere. Um uns herum war es dunkel. An beiden Seiten des Halses konnte ich knochenharte, festgebackene Knoten ertasten, und als ich auf die Knoten drückte, raunte er leise. Ich hielt inne und sah ihn kurz an.

»Ist Ihnen an Ihrem Hals etwas aufgefallen?«, fragte ich ihn.

»Nein, das ist nur so hart geworden, das kommt von der Lymphdrainage«, sagte er. Rotweinstimme. Er winkte ab.

»Ja, das müssen wir uns mal genauer anschauen. Nach Weihnachten.«

Ich lächelte vorsichtig. Als ich ihm in die Augen sah, in diese dunklen Fenster zu einer anderen Wahrnehmung, traf ich auf einen elastischen Widerstand, den ich plötzlich vollumfänglich verstand: Die Milde, die Ruhe, das abgelegte Hoffen und der Wunsch, nicht mehr behandelt zu werden, sahen mir entgegen und baten um Verzeihung und Verständnis. Wollte ich an diesem Abend weiterhin bei ihm sein, musste ich das akzeptieren.

Er lächelte auch, winkte wieder ab, von der Zeitung, die er auf seinem Nachttisch abgelegt hatte, grinste ein Fußballspieler mit Nikolausmütze.

»Und, wo ist Ihre Frau über die Weihnachtstage, wenn Sie in der Klinik sind?«

»Zu Hause, mein Bruder ist bei ihr, und wir haben eine Pflegerin, stundenweise. Die hilft uns ein wenig und kocht. Auch jetzt, an den Feiertagen, bringt sie uns was vorbei. Wenn ich kochen würde, gäbe es jeden Tag Spiegelei, da wären wir schon längst verhungert.«

Er lachte, seine Lippen leuchteten purpurfarben, wenn er seinen Mund öffnete.

Es war sein letztes Weihnachten, er verbrachte es in der Klinik. In seinem Hals wuchsen Lymphknotenmetastasen, und seine Frau lebte mit einer Demenz zu Hause. Doch seine Wärme war infektiös. Er steckte mich mit seinem Lachen an. Wir saßen an seinem Bett, nur die Nachttischlampe strahlte ihr warmes Licht zwischen all die schlafenden Neonröhren. Draußen tanzten dicke Schneeflocken gegen die Klinikfenster, wo sie lautlos zu Tröpfchen zusammenschmolzen.

Aufmerksamkeit

Ein neues Jahr, und ich sah in viele Hälse. Seit Jahren sah ich in so viele Rachen, dass kleinste Abweichungen vom durchschnittlichen Bild der Schleimhaut meinen Blick anzogen. Eine zusätzliche Falte, stehendes Sekret, eine hauchfeine Rötung, eine sesamkorngroße Schwellung lösten einen Widerstand aus, hielten meinen Blick fest.

Lernen verläuft in drei Phasen. Zuerst ist alles neu, man lernt dazu. Dann tritt Routine ein, die redundant bis ins Schmerzhafte sein kann. Schließlich aber, nach Jahren, wenn man es durchhält, immer offen zu bleiben und jeden Befund wie ein Stillleben fasziniert anzusehen, kann sich ein tieferer Blick entwickeln. Eine hintergründige Erfahrung erblüht.

Mein Blick strich über die rosa, roten, bleichen, gelblichen, bräunlichen Täler und Berge im Mund wie die tastenden Hände eines Kürschners über einen samtenen

Pelz. Die Mutter des jungen Patienten, der vor mir saß und Halsschmerzen hatte, trug einen hellbraunen Pelzmantel mit getrockneten Pfötchen am Revers. Hatte ich schon lange nicht mehr gesehen. Die Mandeln des Kindes waren leicht gerötet, das Zäpfchen hing in der Mitte, es bestand keine Asymmetrie, die Schleimhaut legte sich wie ein elastischer, öliger Film über die Innenwände seines Rachens. Die Zunge war frei beweglich, die Zungenwurzel schlank, der Kehldeckel nicht geschwollen oder gerötet, weiter unten zuckten glänzende weiße Stimmlippen im Rhythmus seiner Atmung. Alles okay, eine leichte Mandelentzündung, kein Anlass zur Sorge, so etwas sah ich jeden Tag ein Dutzend Mal.

Ich erklärte es den beiden.

»Ibuprofen, um die Entzündung zu hemmen und gegen die Schmerzen. Am besten geht er zwei Tage nicht in die Schule. Und wenn es schlechter wird, dann melden Sie sich bitte noch mal in der Ambulanz.«

Zwei Tage später sah ich die beiden zufällig in der Klinik, der Blick der Mutter blieb kurz an mir hängen. Ich sah mir den Jungen an. Es war schlechter geworden, Schluckbeschwerden, Fieber. Eine Mandelentzündung, so richtig mit Belägen und Fieber. Ich verschrieb Penicillin.

»Eigentlich bin ich ja kein Freund von Antibiotika«, so die Mutter mit dem Pelz.

»Alles kein Problem, wir sehen uns wieder, wenn es nicht besser wird.« Routine. Nichts Besonderes.

Zwei Tage später erhielt ich im Nachtdienst einen Anruf von der Nothilfe, ein Junge mit Halsschmerzen sei da, könne kaum sprechen, es gehe ihm nicht gut.

Es war gerade Abend geworden, ich lief in die Ambulanz und erkannte die Pfötchen am Kragen sofort. Die Mutter war nicht besorgt, aber ihr Junge konnte weder sprechen noch essen. Ich wollte mir seinen Rachen ansehen, doch er bekam den Mund nicht mehr auf, seine Stirn leuchtete blass wie ein abnehmender Mond im Nieselregen. Vorsichtig schob ich einen Spatel zwischen die Zahnreihen und bewegte seine Zunge ein wenig nach unten. Die Mandel auf der rechten Seite war in einer leuchtend roten Gewebeschwellung verschwunden, das Zäpfchen war aufgedunsen, sein Gaumenbogen sah aus wie nach einer Verbrühung. Der Raum dazwischen ließ kaum Platz für einen Bleistift, der heiße Atem des Jungen strich reibend hindurch. Das Atmen musste sich für ihn anfühlen, als würde er heißen Pudding trinken.

»Trotz des Antibiotikums ist es nicht besser geworden«, sagte seine Mutter leise.

Aber warum ist es innerhalb von zwei Tagen so viel schlechter geworden? Das wunderte mich. Ein Abszess. Hätte ich ihm das Antibiotikum schon bei der ersten Konsultation geben sollen? Nein, da sah es vielmehr nach einem Virusinfekt aus. War es ein besonderer Keim, der die schnelle Zunahme der Entzündung bewirkt hatte? Oder haben sie das Antibiotikum nicht richtig eingenommen? Obwohl es viele Unklarheiten gab, war eines klar: Der Zustand war schlecht und machte ein notfallmäßiges Handeln eindeutig erforderlich. Ich erklärte ihr mit einigen Sätzen, zwischen denen nicht viel Zeit blieb, dass ihr Sohn einen Abszess hinter der rechten Mandel habe und dieser sofort operiert werden müsse.

»Die Entzündung kann sich in den Hals hinein ausbreiten oder die Luftzufuhr beeinträchtigen.« Beides war schon eingetreten. Deshalb sollten wir operieren.

»Kann man damit nicht bis morgen warten?«

Nein, jetzt. Nicht bis morgen abwarten. Sofort. Aufklärungsblatt, hier unten unterschreiben. Passieren könne natürlich immer was, wie immer in der Medizin. Es kann zu Blutungen kommen. Es kann eine Nachbeobachtungszeit auf der Überwachungsstation erforderlich werden. Nein, alles würde gut gehen. Bitte durchlesen, ich rufe jetzt im OP an.

Das Neonlicht ließ die beiden noch blasser aussehen. Ich sprach mit dem Narkosearzt, der diensthabenden OP-Schwester und dem OP-Manager der Station. Alle waren informiert. Jetzt hieß es warten, bis sie den Jungen in den OP gebracht hatten. Ich ging auf die Station, um einen Kaffee zu trinken. Ich trank ihn ohne Milch, bitter, war aufgeregt, nervös. Es handelte sich zwar um einen Routineeingriff, aber der Junge musste wirklich eine aggressive Entzündung ausgebrütet haben, anders war diese schnelle Verschlechterung kaum zu erklären.

Mein Beeper ging. Die Anästhesie. Ich sollte bei der Narkoseeinleitung dabei sein. Der Kollege begründete das umständlich. Seine Stimme war hoch, erregt, er wiederholte die Sätze mehrmals. Die Wahrheit war: Er hatte Angst, den Jungen nicht intubieren zu können.

Eine Intubation ist bei einem Mandelabszess alles andere als einfach und kann auch schiefgehen. Und das bedeutet dann, ein schlecht atmendes, bewusstloses Kind nicht mit Luft versorgen zu können. Was könnte schlimmer sein?

Ich rannte in den OP, zog mich um, traf in der Umkleide einen müden Pfleger, der mich wortlos grüßte. Im Einleitungsraum lag der Junge unter einer weißen Frotteedecke auf der Liege, Infusionen im Arm. Er zitterte. Eine Anästhesieschwester befestigte Elektroden auf seiner schmalen Brust. Auf dem EKG-Monitor zuckten grüne Blitze. Ein regelmäßiger Signalton gab die Pulsfrequenz an. Die Tonhöhe enthält eine Information: Sinkt der Sauerstoffgehalt im Blut ab, sinkt auch die Tonhöhe. Damit wissen alle im Raum, ob die Sauerstoffversorgung ausreichend ist. Wir hören, wie schnell das Herz schlägt und wie gut die Sättigung des Blutes mit dem lebenswichtigen Gas ist.

Der Anästhesist änderte an seinen Geräten diverse Einstellungen.

»Guten Abend.«

Wir kannten uns nicht. Die Anästhesieschwester kannte mich schon. Sie sah kurz an die Decke. Vielleicht ein Zeichen der Lustlosigkeit, nachts im OP zu stehen.

»Legen wir los«, sagte der Anästhesist. »Sauerstoff auf hundert Prozent.«

Er drückte dem Jungen eine Beatmungsmaske aufs Gesicht. Die Augen des Jungen weiteten sich, die Schwester versuchte, ihn zu beruhigen: »Das ist nur ein wenig Sauerstoff, atme ruhig ein und aus.«

Die Piepstöne wurden schneller. Die Pupillen des Kindes weiteten sich. Es hatte Angst. Angst, die zwischen den hellblauen Fliesen des Einleitungsraums wie ein Echo verhallte.

Der Anästhesist murmelte: »Propofol fünfundsiebzig ...«

Die Schwester setzte die Spritze auf den venösen Zugang und drückte das milchige Narkotikum in die Blutbahn des Jungen.

»Jetzt wirst du gleich ganz müde ...«, sagte sie, und fast zeitgleich schloss er die Augen.

Stille im Raum. Stille. Alle sahen einige Sekunden lang auf das Gesicht des Kindes. Sein Brustkorb hob und senkte sich. Der Anästhesist beatmete es, drückte auf einen matten Beutel, der so schwarz war, dass er jegliches Licht schluckte. Sekunden vergingen. Ich bewegte meine Zehen in den Plastikschuhen, spürte das Noppenprofil der Sohle. Der Ton des Pulsoxymeters wurde sofort tiefer. Wir sahen alle auf die Anzeige, die die Sauerstoffsättigung des Blutes anzeigte. Wo eben noch sechsundneunzig Prozent standen, leuchteten nun ordinäre zweiundneunzig. Der Anästhesist bebeutelte mehr, drückte schneller. Der Ton wurde tiefer. Neunzig Prozent.

»Ich krieg nichts mehr rein«, seufzte er, erstaunlich ruhig.

Irgendwer schnaubte mir heiß ins Genick. Die Anästhesieschwester und er beatmeten gemeinsam, Zweihand-Maskenbeatmung. Der Ton wurde tiefer. Der Kollege veränderte die Kopfposition des Kindes. Die schönen braunen Haare, vor Tagen noch nichts ahnend im Wind, jetzt im Einleitungsraum, auf der OP-Liege. Der Ton stieg ein wenig an. Neunundachtzig Prozent, dann wieder neunzig. Eine unbarmherzig grelle Anzeige, wie früher in der Quarzuhr, die ich als Kind getragen hatte. Der Ton wurde heller, die Sonne ging auf. Wieder verstrichen Sekunden. Oxygenierung, das Blut nahm den Sauerstoff auf.

»Laryngoskop.«

Die Schwester drückte dem Anästhesisten den runden Griff mit einem aufklappbaren Spatel, an dessen Spitze ein kleines verzweifeltes Licht brannte, in die linke Hand. Er öffnete den Mund des Jungen mit der rechten, drückte mit Daumen und Zeigefinger die Kiefer auseinander. Es war klar, dass die sich nicht so leicht öffnen ließen. Er überstreckte den Kopf. Der Spatel mit dem Scheinwerfer an der Spitze fuhr in den Mund hinein.

»Sauger.« Er bewegte den Kopf hin und her. »Scheiße.«

Er zog das Laryngoskop wieder heraus, an der glänzenden Stahlmembran hing zäher gelber Schleim, der einen Faden zum Mund bildete.

»Beatmen.«

Der Eingang zum Kehlkopf war durch die heftige Entzündung so verschwollen, dass er ihn nicht sehen konnte. Der Anästhesist bekam den Tubus nicht in die Luftröhre. Ich fühlte Motorsägen von der Decke in meinen Nacken regnen. Ich steckte beide Hände in die Taschen des OP-Hemds, suchte ein Werkzeug, das uns helfen würde. Der Ton stieg wieder an. Kreischendes Crescendo.

»Laryngoskop.«

Die Aufforderung war jetzt lauter, die Hand des Kollegen griff in die Luft, erst mal daneben. Neuer Intubationsversuch. Er ließ sich mehr Zeit, suchte, bewegte das Instrument zu schnell, brach erst wieder ab, als der Ton abfiel, und setzte dann erneut die Beatmungsmaske an, mit der er den Sauerstoff in die gierige Lunge zu drücken versuchte. Für einen kurzen Moment sah mich der Kollege an, unsere Augen berührten sich, als würden zwei Holzschwerter aneinanderreiben. Zwischen zwei Herzschlägen unseres Patienten blinzelte er. Er zog die Mundwinkel an, eine schnurgerade Linie entstand. Ich spürte die Verbundenheit mit ihm in meinen Schneidezähnen.

So. Jetzt. Ganz hier. Es gab keinen Ausweg. Ein Brennen, kein Entkommen, es war zu hell, ein sonniger Eisenraum. Eine Schwester hatte ein Videolaryngoskop in die Einleitung geschoben. Über eine kleine Kamera an der Spatelspitze und ein Glasfaserkabel bekamen wir ein Bild auf einem schulheftgroßen Monitor zu sehen.

»Ich bin drin.«

Der Kollege richtete die Kamera auf den Eingang des Kehlkopfs, vorbei an geschwollenen roten Bergen, grenzenlos, ein einziges Rot. Tiefer, noch tiefer. Dann sahen wir die feinen weißen Stimmlippen. Er schob einen 6,5er-Tubus nach.

»Blocken.«

Mit einem Stethoskop hörte er beide Lungenflügel ab. Sah mich an. Erleichterung leuchtete auf seiner Stirn. Ich steckte kurz die Hände in die Taschen, merkte nicht, wie ich sie zur Faust ballte.

»Ich wasche mich.«

Viel zu hart stieß ich mit dem Gummischuh gegen den Türöffner. Im Spiegel des Waschraums sah ich durch mein Gesicht hindurch. Zwischen dem Rand des Kopflichts und der hellgrünen OP-Haube hatte sich ein kleiner dunkler Streifen gebildet. Jetzt war ich dran. Machen. Ich war allein, in dieser Nacht im OP, in der Klinik am Rande der Stadt. Gestern um diese Zeit, was habe ich da gemacht? Es musste alles gut gehen, alles andere wäre unmöglich. »Nur eine Mandeloperation …!«, schrie mich mein Kopf an. Das kalte Wasser lief an meinen Unterarmen entlang, ich hätte es auch angenehm warm stellen können, aber das wollte ich nicht. Das hier war nicht angenehm.

Die Hände in die Luft vor mir gestreckt, glitt ich zurück in den OP, wo der Junge unter der grünen Abdeckung lag, nur der Mund war frei geblieben. Das EKG piepte regelmäßig, die Sättigung war gut, die

OP-Schwester zog mir den Kittel an. Ich trat an den Kopf des Jungen und bat um den Mundsperrer. Vorsichtig führte ich die Blenden zwischen die Lippen, die Unterlippe blutete leicht. Mit einem Ratschen rastete der Sperrer ein, ich öffnete den Kiefer. Es erforderte nun nicht mehr so viel Kraft, weil die Relaxantien, die wir ihm gegeben hatten, die Kaumuskulatur entspannten. Die Kieferklemme war fast gelöst. Ich versuchte, die Region bis zum Übergang der Mandel in den Zungengrund aufzuspreizen. Eine tischtennisballgroße Schwellung drückte die rechte Mandel bis auf die linke Seite. Dazwischen der Tubus. Das Zäpfchen baumelte wie ein satt gefressener Wurm darüber. Ich bat die OP-Schwester, den Handgriff des Mundsperrers ein wenig anzuheben, um mehr Raum zur Rachenhinterwand zu gewinnen.

»Pinzette.« Linke Hand. »Sichelmesser.« Rechte Hand.

Mit der Pinzette zog ich die Mandel näher zu mir, um die Schleimhaut zu spannen, die die Mandel mit der Rachenwand verbindet. Dort ritzte ich sie mit dem Sichelmesser auf. Ich führte die Spitze des gebogenen Messerchens unter die Schleimhaut und öffnete sie in einer Bewegung. Darstellung der grau-weiß schimmernden Kapsel der Mandel. Präparation der Tonsillenkapsel mit der Schere durch Spreizbewegungen. Ich drehte die Schere längs zur Mandel und schnitt die Schleimhaut weiter ein.

»Raspatorium.«

Die Schwester reichte mir den kleinen geriffelten

Schaber. Als würde ich mit einem Schraubenzieher den Kern aus einer Avocado herausheben, löste ich mit löffelnden Bewegungen die Mandel immer weiter von der Rachenwand. Ab und zu verödete ich kleine Blutungen. Immer deutlicher zeigte sich die schmierig graue, braun geäderte Mandel. Als ich die Hinterwand der Mandel anhob und mit dem Raspatorium Gewebefasern abstrich, brach ich mit dem Instrument kurz ein. Sofort entleerte sich rahmiger grüner Eiter. Selbst durch den Mundschutz bohrte sich der faulige Geruch. Faules Fleisch. Anaerobier.

»Abstrich.«

Ich tauchte das Wattestäbchen in den Rahm und übergab es der OP-Schwester. »Sauger.«

Mit einem launischen Geräusch schlürfte der stumpfe Tonsillensauger einen Raum frei, der sich hinter der Mandel gebildet hatte. Bleiche Gewebestreifen lösten sich wie Tafelspitz. Als ich einen Kugeltupfer in den Hohlraum drückte, merkte ich, dass ich ihn darin ein wenig einsinken lassen konnte. Der Untergrund war weich, schlammig.

»Ein Riesenabszess«, sagte ich zu dem Anästhesisten, der wie ein Krokodil hinter der grünen Abtrennung hervorlugte. Ich sah auf die Uhr, in die Augen der OP-Schwester, auf die Lippen, in die Mundhöhle, zum Anästhesisten. Der Kollege sah alt aus im schattenlosen OP-Licht. Unter dem Tupfer hatte sich eine matschige kleine Höhle gebildet, die sich nun schnell mit Blut füllte.

»Sauger.«

Ich nahm das Raspatorium wieder in die rechte Hand, einige Schläge noch, bis die Mandel draußen war. Ich zog sie mit der Pinzette aus dem Mund heraus und legte sie auf den Instrumententisch der Schwester.

Ich tastete den weichen Höhlengrund ab, mit dem Finger konnte ich zähes Sekret und untergegangenes Gewebe gebären und mit dem Sauger in der anderen Hand entsorgen. Die Entzündung hatte eine ausgedehnte Nekrose verursacht, eine Einschmelzung des Gewebes, die man entfernen musste. Ich nahm den Sauger in die linke Hand, in die rechte wieder das Raspatorium und schabte an der Hinterwand entlang, um die käsigen Beläge abzutragen. Ein starkes Gefühl. Wie ein Bader, der eine Wunde reinigt. Der Lichtkegel meines Kopflichts flog durch die Mundhöhle. Ich überlegte, wie ich die andere Mandel gleich anpacken würde und wie schnell ich sie entfernt haben würde. In zehn Minuten wäre ich hier fertig. Dann würde ich noch schnell was essen, auf der Station hatten sie mir was aufgehoben. Wen rufe ich danach an, sie vielleicht? Es ist noch nicht zu spät, ich könnte sie noch anrufen, ganz bestimmt, am Wochenende habe ich frei.

Ich schabte weiter, und als ich das Raspatorium ein weiteres Mal ansetzen wollte, glitt der Lichtkegel in die Wundhöhle, die ich geschaffen hatte. Ich erstarrte.

Was war das?

Mich packte eine giftige Klemme an den Schläfen, im Nacken wieder das Brennen. Mein Puls trommelte ohne Pause. Doppelt so schnell wie die Ader, die ich unter mir freigelegt hatte. Ein glänzend roter, kleinfingerdicker Strang zuckte wie verrückt am Boden der Wundhöhle: die Halsschlagader. Mit jedem Herzschlag rauschte lebenswichtiges Blut – nur durch ein millimeterdickes Geweberohr geschützt – in den Kopf. Ich hatte tief präpariert und hätte mit dem nächsten Schlag des Raspatoriums nicht nur die hauchdünne Gewebeschicht, sondern auch die Halsschlagaderwand des Jungen entfernt. Ein Tropfen kitzelte mich auf der Stirn.

Mit jedem Herzschlag schießen etwa vierzig Milliliter Blut durch das Gefäß hindurch, siebzig Schläge pro Minute. Innerhalb einer Minute wäre mehr als die Hälfte seines Blutes verloren gewesen. Ich sah direkt in die Anatomie. Meine Beine wächsern, versteift.

Um ein Haar.

Um ein Haar.

Um Haaresbreite.

Ich blickte zur OP-Schwester. Ihre Augen rund, glänzend, feucht, dunkel brennend. Ich sah in den Mund. Ich sah zum Anästhesiekrokodil, das etwas in sein Narkoseprotokoll kritzelte. Ich sah auf die Lippen des Jungen, die Schwester schmierte sie mit Salbe ein, damit sie nicht trocken wurden. Ich sah auf die zuckende Halsschlagader. Auf ihrer Oberfläche schlängelten sich feuchte dunkle Fäden entlang, die im Rhythmus der Wanddehnung einen verhaltenen Tanz aufführten. In einem kleinen Bluttümpelchen zitterten konzentrisch rot glänzende Wellen.

Der Kollege schnalzte mit dem Kugelschreiber, seine engen Augen knapp über dem Tuch. Was jetzt? Ich sah auf die Halsschlagader. Die Stirnlampe drückte wie ein Fassreifen gegen meinen Schädel. Unter der OP-Haube Wasserdampf.

Ich verspürte eine Bestrafung, ein Lodern, alles war größer als ich. Respekt floss in meine Brust, Osmose.

Ich nahm Gewebe vom Rand der Wundhöhle, das einigermaßen rosig aussah. Zog es mit der Pinzette über das Gefäß.

»Naht.«

Vorsichtig nähte ich einen Vorhang aus Rachenmuskelfasern zusammen, der sich wie ein nasses Tuch über das Halsgefäß legen ließ. Es sah gut aus. Ich fror an der Stirn.

Um ein Haar.

»Gut«, sagte ich und »jetzt die andere Seite …«

Die Mandel auf der anderen Seite hatte ich in zehn Minuten entfernt. Es blutete etwas mehr, da auch hier eine Entzündung vorlag. Aber es gab kein Problem.

Um ein Haar.

Ich kontrollierte noch einmal die rechte Seite. Unter der Schleimhaut, wenn man genau hinsah, pochte es.

»Gut, wir sind fertig.«

Der Anästhesist stand auf. Die OP-Schwester räumte klirrend die Instrumente zusammen. Ich bat den Narkosearzt, beim Ziehen des Schlauchs vorsichtig zu sein und im Rachen nicht mehr zu saugen.

Alles ging gut, der Tubus war draußen, der Junge atmete regelmäßig.

Als er versuchte, die Augen zu öffnen, die von der schützenden Salbe verklebt waren, sagte ich ihm, es sei alles gut gegangen.

War es ja auch.

»Es war ein Riesenabszess.«

Das stimmte ja auch.

Es sei absolut unerlässlich gewesen, die OP durchzuführen.

War es ja auch.

Es war alles gut gegangen.

Um Haaresbreite.

In der Umkleide schüttete ich mir kaltes Wasser ins Gesicht. Verließ den OP-Trakt. Ich fühlte mich wieder stabil, die schwarzen Fenster taumelten an mir vorbei, dahinter mein weißer Kopf, der immer wieder in der dunklen Scheibe auftauchte. Wie konnte ich nur so sicher sein, dass ich bereits weiß, was vor mir liegt?

Ich ging in das Dienstzimmer im Keller. Auf einem langen Flur lagen die Bereitschaftsräume der einzelnen Abteilungen. Hinter jeder Tür, an der ich vorbeischlich, atmete ein Kollege. Eine Kollegin. Ein Hauchen flog über den Gang. Ich legte mich auf das Bett in unserem Dienstzimmer und starrte an die Decke, an der sich erstarrte Halsschlagadern in irren Windungen verzweigen wollten.

Die Normalität

Menschenmengen vor der Aufnahme. Hinter dem Schalter saßen mittelalte Damen mit braunen Haaren, manchmal versteckte sich eine freche Strähne darin. Sie nahmen die Personalien der Menschen auf, die bereits hier damit begannen, ihre medizinischen Probleme zu schildern. Ich ging mit wehendem Kittel und ernstem Blick an ihnen vorbei, sofort richteten sich erwartungsvolle, teilweise ängstliche Augen auf mich, trafen mich, versuchten, einen gedanklichen Saugnapf von ihrer Stirn an die meine zu schießen, um mich zu verhaften. Zuweilen traten einzelne Patienten aus der Schlange, meinten, mich zu kennen, und versuchten, etwas zu sagen. Dann hieß es eisern bleiben, auf den Funk sehen, auf den Boden vor mir, in der Kitteltasche kramen.

Ein wenig später saß mir Frau Weber im Behandlungszimmer gegenüber, das sechste Mal in diesem Quartal. Ich hatte nach wie vor keine Ahnung, was ihr fehlte und wie ich ihr helfen konnte. Außer mit ihr zu reden.

Vielleicht war das die einzige Medizin, die sie brauchte. Sie war Lehrerin an einem Gymnasium und deshalb Privatpatientin.

Auch das war ein Problem.

Denn das Krankenhaus bekam Geld für Maßnahmen, unabhängig von deren Sinnhaftigkeit. Also schob ich ihr wieder einmal ein Endoskop in den Hals.

Sie wollte, dass ich ihren Kehlkopf ansah, weil sie sich müde fühlte. Ich fühlte mich auch müde.

Ich bekam einen verschwommenen Einblick in ihren Schlund, sah die blattförmige Epiglottis und dahinter die blankweißen Stimmlippen, zwei Schleimhautfalten, die über dem Luftröhreneingang aufgespannt sind und bei Bildung eines Tones schwingen. Staunend verharrte ich vor der Anatomie. Ich dachte: Es ist ein unerhörtes Wunder, die Konstruktion, die Schöpfung. Das Resultat von Entwicklungsprozessen, die vom Lungenfisch bis zu uns reichen. Wie denkt man sich einen Kehlkopf aus? Von der Spitze des Endoskops seilte sich ein Schleimfaden zwischen ihren Stimmlippen ab. Er tropfte in die Luftröhre, und sie bekam einen heftigen Hustenanfall. Sie fragte mich, was da so grässlich schmecke.

»Das ist das neue Instrumentendesinfektionsmittel.«

»Ach so.«

Sie sah mich fragend an. Also begann ich zu reden.

Wie eine Maschine sprach ich den ewig gleichen Text.

Er lautete: Sie haben nichts, es ist alles normal.

Für die Vermittlung dieser Information würde ich

eigentlich nur Sekunden benötigen. Heute brauchte ich vier Minuten. Ich füllte den Raum zwischen uns mit Fachbegriffen, die ich anschließend erklärte. Ihre Augen, die wie auf einer kalt gewordenen Suppe in ihrem Gesicht schwammen, starrten mich zweifelnd an.

Sie stand auf und verlangte eine Krankmeldung für eine Woche.

»In diesem Zustand kann ich unmöglich meine Leistung in der Schule erbringen.«

»Natürlich, ein paar Tage Ruhe werden Ihnen guttun.«

Ihre Hand war seltsam trocken. Die Tür zu meinem Untersuchungszimmer blieb offen, als sie hinausging. Ich bekam schlecht Luft. Vielleicht hätte ich mir ein Getränk holen sollen. Ich verließ die Ambulanz und schlurfte zu den Automaten. *Sie* kam mir mit einer Kollegin entgegen, ich sah sie schon, als sie noch gar nicht da war. Absichtlich sah ich ihrer Freundin ins Gesicht.

Als ich später wieder durchs Treppenhaus in die Ambulanz zurückging, sah ich einen Menschen mit einem blutigen Taschentuch vor dem Gesicht auf der Treppe sitzen. Niemand da, außer mir und dem Bluter sowie den Neonröhren an der Decke. Er hatte sich aus dem Tuch zwei Tampons gebastelt und in die Nase gesteckt, aus der sie als rote Stecker herausragten. Ich nahm den Kerl am Arm und begleitete ihn in die Ambulanz. Er torkelte und roch nach etwas, das ich früher auch getrunken hatte.

Im Behandlungszimmer angekommen, legte ich mir mühsam alles zurecht. Der bleiche Mann mit der Schale unter dem Kinn, in die er alle drei Sekunden einen kleinen hellroten Blutfaden spuckte, sah kaum auf. Ich zog ihm seine selbst gemachten Tamponaden.

Sofort schwappte mir eine Welle aus altem und frischem Blut entgegen. Er erschrak mehr als ich. Später wunderte ich mich sogar über mich, ich spürte keinerlei Aufregung in mir. Ich saugte ab, sah keine Schleimhaut, weil alles vollgeblutet war. Mir schien, auf einer Seite war ein kleines Gefäß geplatzt. Es ragte aus der Schleimhaut des Nasenbodens, am Übergang zur Scheidewand. Ich tupfte mit einem Stück Watte, die ich in Betäubungsmittel getaucht hatte. Dann koagulierte ich. Er zwickte die Augen zusammen, als der Strom durch das Instrument an seiner Schleimhaut ankam.

Es gefiel ihm nicht, und mir gefiel es auch nicht. Ich konnte die Blutung nicht stoppen, sein Blutdruck stieg, es wurde immer mehr. Das Blut lief ihm in den Rachen. Er hustete und besprühte mich mit einem Funkenregen kleiner roter Punkte. Etwas lief an meiner Wange runter.

Ich steckte ihm einen Streifen Gaze in die Nase. Geschätzte drei Meter. »Jetzt läuft es hinten runter«, stöhnte er, »und mir ist schlecht.«

Er wurde grün, dann weiß, und auch in seinen Augen war nur noch Weiß, der Leibhaftige, bevor er mir in die Arme fiel. Wir waren immer noch allein.

Ich legte ihn hin, er zuckte und gab Geräusche von

sich, als wäre er wieder ein Kleinkind. Im Liegen versiegte der Blutstrom. Aus dem Augenwinkel sah ich eine Schwester reinkommen, ich drehte mich ihr wortlos zu, ihre Augen wurden groß, und anstatt mir zu helfen, blieb sie stehen und hielt sich eine Hand vor den Mund.

»Wollen Sie mir helfen?« Ich war so was von ruhig. Sie kam näher, hielt die Beine des Mannes hoch.

Er bekam wieder Farbe im Gesicht, wurde rot. Und schließlich blau, als er anfing zu husten, weil ihm Blut und Schleim in die Luftröhre gelaufen waren, während er schlaff auf dem Boden lag. Ich schätzte seinen Blutdruck jetzt um die zweihundert.

Seine Bindehaut hatte gelbe Flecken und Adern wie die Aufnahme der Marsoberfläche.

»Gleich haben wir's …«, sagte ich und war mir über die Benommenheit dieses Satzes ebenso im Klaren wie er.

Ich stopfte seine andere Nasenseite aus, um Gegendruck zu erzeugen. Die Blutung versiegte. Wir wuschen ihm das Gesicht mit nassen Tupfern.

Er würde häufiger so bluten, sagte er. Er nehme blutgerinnungshemmende Medikamente. Aber er fühlte sich gut jetzt.

Ich schickte ihn nach Hause.

Ich beobachtete, wie der Nasenbluter an den Patienten im Wartebereich vorbeiging, beide Nasenseiten austamponiert und mit Blutresten um den Mund. Sie sahen kurz auf, dann konzentrierten sie sich wieder auf die Frau an der Rezeption, die völlig überfordert wirkte.

Als ich mir im Aufenthaltsraum einen Kaffee holte, stand eine junge Schwester neben der Maschine, die kaum Deutsch konnte. Sie sagte: »Kein Problem«, nachdem ich ihr etwas Kaffee auf die Schuhe getropft hatte. Ein Pfleger aus Bosnien saß mit einer anderen Schwester aus Serbien am Tisch und lächelte wächsern. Während ich kurz darüber nachdachte, ob das ein Problem war, ging ich schnell weiter.

Zu meinem nächsten Patienten. Dabei bemerkte ich einen ziehenden Schmerz im Beckenboden. Vielleicht die Prostata, dachte ich mir, während der Mann mit gequälter Miene von seinem Schwindel berichtete und mir nicht einmal beschreiben konnte, wann er aufgetreten war. Stattdessen Begründungen. Vermutungen.

Auf dem Gang fiel ein Infusionsständer um. Während ich in das Ohr des Mannes sah, musste ich an die Nachrichten im Radio denken. Nur negative Botschaften. Machte uns das krank?

Andauernd trafen Menschen mit Beschwerden ein.

Tinnitus. Stress. Ohrendruck. Ertaubt. Kloßgefühl. Stress. Stress! Stirnhöhlenentzündung. Lymphknotentumor. Rachenkrebs.

Die Frau, die als Nächstes vor mir saß, sah aus wie ein Mann. Kurze schwarze Haare, das Gesicht blechern, Augenringe, bleich, dreiundzwanzig Jahre alt, arbeitete im Einzelhandel. Abgenutzte Kleidung. Sie klagte über: Kopfschmerzen, Müdigkeit, Schlaffheit, eine laufende Nase, Räuspern, einen Kloß im Hals, Kratzen im Hals, Schluckbeschwerden, Aufstoßen, Druck im Ohr, Jucken im Gehörgang, Geräusche bei Ruhe, Schwindel beim Zubettgehen. Ich sah aus dem Fenster. Ein Vogel verschwand in einem Astloch.

Ich stellte ihr ein paar Fragen. Sah sie nett an.

Organisch war nichts zu finden. Ich überlegte, noch während ich das Endoskop aus ihrer Nase zurückzog, ob ich nun ehrlich sein durfte oder nicht. Was hatte mehr Gutes für sie? Was bedeutete mehr Aufwand für mich? Sie war schon bei zwei anderen HNO-Ärzten gewesen, und die hatten ihr eine Operation der Nebenhöhlen vorgeschlagen.

»Genau, da haben Sie eine Rötung an der Rachenhinterwand und eine Sekretstraße ...«

»Das könnte was Chronisches sein, oder?« Sie sah mich aufmerksam an. Die Pupillen kurz größer, dann wieder eng. Vielleicht hatte sich eine Wolke vor die Sonne geschoben.

»Ich will ausschließen, dass es eine chronische Nebenhöhlenentzündung ist, die Ihr Problem mit dem Schleim verursacht. Am besten machen wir eine Computertomografie der Nasennebenhöhlen, dann haben wir Gewissheit.« Erleichtert zückte ich einen Überweisungsschein.

Sie sah mich an: »Und damit komme ich dann wieder her?«

»Natürlich.« Was sollten wir sonst tun? »Dann sehen wir uns die Bilder an.«

Und bekämpfen damit die Furcht, die Einsamkeit, den Glauben, die Kindheit, die Eltern, die Gewalt im Internet, die Botschaften aus dem Privatfernsehen am Nachmittag, die Sucht, die Nächte ohne Wärme, die Asexualität, die mangelnde Identifikation mit sich selbst, die gestörte Familie. Diese tastende Irrfahrt durch das dunkle Tal mangelnder Liebe und Zuneigung macht eine junge Frau zu einem Patienten und löst etwas aus, mit dem wir Ärzte allein es nicht aufnehmen können.

Vor dem Fenster war die Wetterlage sehr wechselhaft – meist aber begannen sich fantastische Wolkenberge aufzutürmen, in einem Licht, das von Lila bis Rotgelb reichte. Dazwischen schnelle, kleine Fetzen, die mit den bombastischen blumigen Gebirgen kollidierten. Nur vereinzelt schnitten die Triebwerke der Flugzeuge exakte Geraden in diese Bilder. In den Maschinen Menschen, die gar nicht hinwollten, wohin sie flogen.

Unter ihnen war ich; mit all diesen Passagieren hier und sah zu ihnen hoch.

Der Nächste, bitte. Ein normaler Mann, gepflegte Frisur. Mittelteurer Anzug, eng geschnitten. Eine Mittelohrentzündung, unproblematisch. Ich rezeptierte ein Schmerzmittel. Klärte ihn auf. Als er schon in der Tür stand, schaute er mich an und sagte: »Herr Doktor, darf ich Ihnen noch eine Frage stellen?«

»Natürlich.«

»Ich habe gehört, dass Flugzeuge der Regierungen, vor allem der Amerikaner, in die Wolken hineinfliegen und dort Chemikalien verstreuen. Sie wollen damit das Wetter beeinflussen. Die Chemikalien enthalten aber Schwermetalle. Könnte die plötzliche Mittelohrentzündung auch davon kommen?«

In diese Stille hinein, die für eine Sekunde entstand, konnte ich nicht antworten. Ich musste mich zuerst räuspern.

»Man weiß das. Es gibt Studien darüber, dass diese Manipulationen gesundheitsschädlich sind«, legte er nach.

Ursprünglich hatte er ein sympathisches Gesicht gehabt. Ich hörte mein Blut im Kopf rauschen. Hinter ihm huschte eine Schwester vorbei, Wortfetzen drangen in das Untersuchungszimmer.

»Mit den Impfungen ist es genau das Gleiche; die Industrie steckt dahinter, macht das große Geld, und die Politik und die Experten schweigen, obwohl so viel Schaden angerichtet wird.«

Ich sagte, dass ich davon nichts wisse und auch nicht darüber reden wolle. Er machte eine kleine Abwärtsbewegung mit dem Kopf, sah dann noch einmal zu mir und drehte sich um. Er ließ die Tür einen Spalt weit offen, sie schloss sich nicht von allein.

Ich blieb einen Moment sitzen, mein Kopf war sehr schwer, in ihm ein kraftlos wimmerndes Säuseln, das von einem unbekannten Saiteninstrument begleitet wurde. Ich dachte an meine anstehende Facharztprüfung.

»Grüß Gott, was kann ich für Sie tun?«

»Ja, dieses Mal bin ich dran …«

Sie setzte sich auf den Untersuchungsstuhl, auf dem Schoß hatte sie ihr etwa dreijähriges Kind. Ein Schnuller flog zu Boden. Das Kind krallte sich in den glatten Haaren seiner Mutter fest. Sie schüttelte sich kurz, ihre Wangen rot, die Augen müde, Schmuckversuch um den Hals.

»Ich habe seit gestern einen Druck auf dem Ohr, nicht direkt ein Schmerz, eher ein Druck, zieht manchmal bis hier runter.« Bewegung einer Hand, torkelnd, von den Haaren bis an die Hüfte.

»Bemerken Sie eine Hörminderung?«

»Nein, eher ein Druck, keine Hörminderung, nein.«

»Hatten Sie vor Kurzem einen Schnupfen oder eine Erkältung?«

»Nein, die Nase ist sowieso immer zu, aber ich komme kaum dazu, mich darum zu kümmern, mit drei Kindern, jetzt – Gott sei Dank – sind die anderen gesund, sonst geht es reihum …«

»Darf ich mal in Ihr Ohr sehen?«

Strähne aus Gesicht und Ohr gewischt.

Ich sah mit dem Mikroskop in ihr normales Ohr. Es war mir vorher schon klar. Ich rollte wieder weg von ihr, vom Milchkaffeegeruch, der von ihrem Gesicht emporstieg wie Frühnebel.

»Ihr Ohr sieht unauffällig aus, das Trommelfell ist normal, keine Entzündung …«

Der Kleine schaute mir direkt ins Gesicht und drehte seine Schulter so, dass er mit dem Arm im Dekolleté seiner Mutter graben konnte. Ich sah seine Finger unter dem Leinenstoff im weichen Gewebe wühlen.

»Also das Ohr weist keinen Befund auf, der krankhaft wäre …«

Jetzt holte der Teufel eine weiß leuchtende Brust ans Tageslicht und sah mich dabei streng an. Er verzog keine Miene. Ich auch nicht. Ich konzentrierte mich sehr auf das Gespräch.

»Wir können einen Hörtest machen, um einen Tieftonabfall auszuschl…«

Hallo Mamille.

»Ich glaub aber, ich hör normal.«

Das Kind runzelte die Stirn. Wie ein drittes Auge hing eine dicke Brustwarze mit einem glühend roten Hof neben seinem Kopf im Tageslicht. Der Kleine knetete und zog an der Brust. Die Mamille beugte sich zu ihm rüber und war sofort in seinem Mund verschwunden. Er sah mich jetzt schräg von der Seite an. Wieder fiel der Schnuller zu Boden. Ich hob ihn auf und legte ihn neben eine Schere auf den Tisch. Er lag da wie wegoperiert.

Die Mutter des Teufels redete weiter, ich hörte es nicht, sondern versuchte, sie anzusehen und gleichzeitig ihre Brust zu beobachten, die zur Hälfte im Maul des Kleinen verschwunden war und pulsierend ausgepumpt wurde. Die Gefäße unter der blassen Haut stemmten sich dem Sog entgegen.

Irgendwann sagte ich: »Vielleicht nehmen Sie eine Ibuprofen, und wir beobachten das Ganze mal …«

»Aber das ist ja nur ein Schmerzmittel.«

Die Augen hohl, dunkel, wie bei einer Kuh.

»Wir nutzen den entzündungshemmenden Effekt des Ibuprofens, da ich annehme, Sie haben eine leichte entzündliche Reizung …«

»Habe ich eine Entzündung?«

Der Kleine fraß die Brust nun fast auf, der ganze Oberkörper der Frau wackelte, Haarsträhnen schwangen wie Lianen hin und her.

»Vielleicht eine kleine entzündliche Irritation eines Nerven im Mittelohr, nach einer Atemwegsreizung.«

»Habe ich nicht gehabt.«

Ich sagte nichts mehr, denn die Lidspalten des Kleinen verengten sich, seine Lippen glänzten milchig. Die Brustwarze leuchtete rot auf, war auf die Größe einer Himbeere angeschwollen, blaue Adern wie eine Corona anziehend. Die Brust vibrierte leicht. Ich rutschte ein wenig zurück.

»Und wenn wir einfach ein bisschen warten, ich versichere Ihnen, dass mit Ihrem Ohr alles in Ordnung ist …«

»Gut, wenn wir das machen können.«

»Genau, so machen wir es jetzt mal, und wenn es schlechter werden sollte, sehen wir uns wieder.«

»Das machen wir.«

Sie stand auf, hob ihre Schultern an, der rechte Brustbereich schlüpfte zurück in die Leinenbluse, ohne sich zu verabschieden, genau wie der Kleine, der jetzt eine kleine Milchschleimspur auf das Leinen schmierte, eine Unterschrift, eine Paraphierung, sein Werk abzeichnend.

Ich gab ihr meine Hand, die erschöpft war. Sie legte mir ihre hinein, teigig und warm. Es roch noch immer nach Milchkaffee.

Endlich war der Tag in der Ambulanz an mir vorbeigegangen. Sie war nirgendwo mehr aufgetaucht. War sie heute überhaupt noch im Dienst?

Auf den Stühlen in der Wartezone lagen Pappbecher, Papiere, ein Schal, ein Legomännchen, als wären die Leute von hier geflohen. Ich ging durch schwarze Gänge, die Lampen im Aufzug flackerten. Meine Lider auch, ich war sehr müde. Auf dem Weg nach unten stieg ein Mann in Begleitung einer jungen Frau im Rollstuhl ein, zog einen Infusionsständer hinter sich her. Sie hatte kein Haar mehr auf dem Kopf, keine Augenbrauen, keine Wimpern. Sie redeten leise miteinander.

»Wenn du das überstanden hast, dann gönnen wir uns was Schönes.«

Und sie nickte und lächelte ihn müde an. Er sagte, dass es bestimmt wieder besser werden würde, alles brauche seine Zeit.

Die beiden verabschiedeten sich, und ich folgte ihm zum Parkplatz.

Als ich vom Klinikgelände fuhr und an der ersten Ampel warten musste, stand er neben mir.

Wir fuhren gleichzeitig los.

Vor ihm fuhr ein älterer Herr in einem roten Polo.

Der Krebsehemann versuchte zu überholen, doch auf der rechten Spur fuhr ich und auf der linken der Alte.

Er blendete auf und fuhr dem Polo bis auf dreißig Zentimeter auf die Stoßstange auf.

Der Alte ließ sich nicht aus der Ruhe bringen und fuhr unverändert weiter. Als er abbiegen wollte und den Blinker rechts setzte, raste der Krebsehemann mit aufheulenden Reifen an ihm vorbei, kopfschüttelnd und den Vogel zeigend.

Ich sah zum Horizont. Kurbelte das Fenster runter. Ein leichter Wind kam von den Alpen und brachte den Duft der Seen mit, überreifes Gras, trocknende Seile, warme Steine, feuchte Wege am Waldrand.

Handwerker

Axel war schon seit einer Woche bei uns. Ein gesund aussehender zwanzigjähriger Handwerker aus dem bayrischen Oberland. Gebräunt. Sympathische wache Augen. Sein Vater begleitete ihn, ein sehr netter Mensch, der bei der Aufnahmeuntersuchung und der Vorbereitung für die OP immer an der Seite seines Sohns stand.

Axel hatte ein laufendes Ohr. Als ich ihn untersuchte, war das Mittelohr nahezu komplett ausgelöscht und durch ein Cholesteatom verdaut.

Ein Cholesteatom ist ein langwieriger entzündlicher Prozess im Mittelohr, der die knöchernen Strukturen auflösen kann. Es entsteht aus einer schwelenden Entzündungsreaktion mit hautähnlichen Gewebestrukturen, die ins Mittelohr und in den Knochen hineinwachsen. Im Ohr gedeihen bestimmte Bakterien besonders gut. Bakterien, die ein feuchtes, schmieriges Milieu benötigen und nur sehr schwer bekämpft werden können. Ab einem gewissen Zeitpunkt tritt eine übel riechende Flüssigkeit aus.

Jeden Tag saugten wir eine schmierig-schuppige Masse aus Axels Ohr ab. Die antibiotische Therapie half kaum, den vor sich hin arbeitenden Entzündungsprozess zu beruhigen.

Auf dem CT zeigten sich Auflösungserscheinungen des Knochens an der Schädelbasis, genau an dem Knochen, der unterhalb des Gehirns liegt. Wichtige Blutgefäße verlaufen durch diese Struktur. Eine Operation war zwingend notwendig, sonst würde Axel an einer Infektion des Schädelinneren und schließlich des Gehirns sterben.

Als wir ihn in den OP brachten, war uns klar, dass es keine kleine Operation werden würde. Es war ein seltener Eingriff, denn so ausgedehnte Entzündungen kommen nicht häufig vor. Man konnte sich hervortun damit. Viele waren bereit, ihn zu operieren, doch schließlich stand ein Arzt auf dem Plan, der erst seit einigen Monaten Ohren operierte. In der Chirurgie gibt es, wie bei allen mechanisch erlernbaren Prozessen, eine Lernkurve. Das manuelle Bearbeiten der feinen Knöchelchen, der Umgang mit Bohrern und die komplexe mikrochirurgische Anatomie setzen eine Liebe zum Detail voraus.

Der Typ, der Axel operierte, war eher grobschlächtig. Bei der Präparation des feinen Läppchens aus Gehörgangshaut und Trommelfell riss ihm bereits mehrmals die Haut ein. Als er das Skalpell hinter dem Ohr ansetzte, zog er die Ohrmuschel rabiat nach vorn und stach mit grobem Druck durch die Epidermis. Ich saß an einem Beobachtungsokular des OP-Mikroskops und sah, dass er keine Liebe zum Gewebe verspürte.

Er bohrte den Knochen auf, dabei wackelte der ganze Kopf des Patienten. Blutungen verödete er grob mit der bipolaren Koagulationspinzette. Währenddessen summte er vor sich hin.

»Hmhmmmmhhmmhh.«

Schließlich traf er auf das Cholesteatom. Die weichen graugelben Massen machten eine exakte Präparation unmöglich, es wurde sehr mühsam.

Allein ihm fehlte die Geduld.

Es fehlten ihm auch die Kompetenz und Expertise, dieses Problem zu behandeln. Um Hilfe zu bitten hätte Schwäche bedeutet. Es hätte seine Unfähigkeit aufgedeckt, und so machte der Mann weiter.

Er rupfte und saugte, dabei hätte er eigentlich besonders vorsichtig sein müssen. Vom Ohr zum Gehirn ist es nicht weit.

Ihm war nicht klar, wo er sich befand. Er operierte einfach drauflos. Er wollte auch jetzt nicht um Hilfe bitten, den Kontrollverlust nicht zugeben. Schließlich lag die harte Hirnhaut frei.

Nach dreistündiger Operation war klar: Axels Gesichtsnerv war durchtrennt – dieser verläuft hinterm Ohr – und die Entzündung konnte so nicht entfernt werden.

Später sah ich nach Axel.

Als ich sein Krankenzimmer betrat, ging es ihm nicht gut. Er lag im Bett, die Zähne zusammengebissen, aus dem Mundwinkel rann ein Blutfaden. Er hatte die Augen geschlossen, die Hände in Pfötchenstellung durchgestreckt, das Gesicht zu einer Grimasse verzerrt.

Es wirkte besonders grausam, eine Gesichtshälfte war entspannt, denn dort war der Nerv durchtrennt.

Die Bettdecke vibrierte, es roch nach Stuhl.

Zwei Schwestern standen neben ihm, eine hielt Axels zuckendes Bein fest. Ein junger Assistenzarzt versuchte gerade, eine Infusionsnadel zu legen, doch Axel spannte immer wieder die Arme an und verkrampfte, um nach einigen Sekunden locker zu lassen.

Auf seinen Handrücken klebten bereits mehrere Tupfer. Ich trat ans Bett.

»Rufen Sie den diensthabenden Anästhesisten, schnell. Neue Nadel, Diazepam.«

Wir legten in gemeinsamer Anstrengung einen Zugang, der Anfall schien bereits von allein nachzulassen. Endlich kam der Anästhesist dazu.

»Junger Patient, erstmaliger generalisierter Anfall. Cholesteatom-OP linkes Ohr heute Morgen. Fünf Milligramm Diazepam intravenös …«

Der Anästhesist legte eine weitere Infusion an den Handrücken. Der Junge schlief, ruhig atmend.

Die Ruhe war seltsam.

Wir waren nervös.

Wir führten eine Notfall-CT durch. Auf dem Bild

zeigte sich eine größere Menge freier Luft in der mittleren und hinteren Schädelgrube, ferner Signalanhebungen, wie sie für eine beginnende Hirnentzündung typisch sind.

Als Axel aus dem Computertomografen herausfuhr, schlief er noch immer und wurde auf die Intensivstation verlegt. Der Operateur schaute noch am gleichen Abend vorbei. Kurz grüßte er Axels Vater. Er unterhielt sich mit den diensthabenden Kollegen auf der Station. Summte ein Lied, als er in den Aufzug stieg, der mit ihm nach unten rauschte.

»Mmhhmmmhhmmhhhmmmmh.«

Als auch ich auf den Aufzug wartete, stand ein anderer Kollege neben mir. Ich dachte: Macht uns das System so, oder sind wir schon vorher so?

Draußen ging ein Wind, es war schon früh dunkel geworden. Von hier oben sah der Horizont blauschwarz aus, Autolichter glommen wie schwelendes Reisig.

Er drückte den Knopf, der bereits leuchtete. Wortlos verfolgten wir auf der Anzeige, wie der Fahrstuhl ein paar Stockwerke über uns zum Stehen kam.

Der Kollege drückte noch einmal, als könne er es nicht erwarten. Mit einem Klingeln hielt der Aufzug vor uns. Wir stiegen ein, ein Mann mit Kopfverband und einem Infusionsständer stand bleich im Licht. Schnell fuhr die Kabine nach unten, grüne Ziffern zeigten uns die jeweilige Etage an. Neben *K* hatte jemand *Hölle* gekritzelt.

Zusammenleben

Ich ging auf einen Kaffee ins Stationszimmer. Es sah alles aus wie immer. Dann kurz in die Ambulanz. Dort kauerte schon jemand auf einem Untersuchungsstuhl. Er sah mich an, intensiv und verschmiert. Um seinen Mund blätterte gelbgraue Salbe in linsengroßen Flecken von der alten Haut. Schuppen hingen in seinen Barthaaren. Er sah ungepflegt aus.

»Herr Doktor, ich habe den Eindruck, dass ich eine Gürtelrose habe, die sehr große Schmerzen verursacht. Was ist Ihre Meinung?«

Ich drückte die Füße auf den Boden, sodass der Rollhocker einen kleinen Satz nach hinten machte. Und staunte.

Auf seiner Ohrmuschel und um seinen Mund herum standen von roten Höfen umgeben kleine Gruppen von Bläschen, deren Deckel teilweise schuppig abfielen. Alles einseitig. Ein typisches, an der Verteilung der Hautnerven orientiertes Krankheitsbild.

»Ja, es könnte gut sein, dass es ein Herpes Zoster ist.«

»Was soll ich tun?«

»Hören Sie schlechter?«

»Nein, ich höre wie immer. Nur verstehen kann ich die Leute nicht mehr so gut.«

»Ich würde gerne einen Hörtest machen.«

»Herr Doktor, das ist nett, aber ich wollte nur Ihre Meinung hören.«

»Entschuldigen Sie, die hatte ich Ihnen eben mitgeteilt. Ich würde gerne nachmessen, ob Ihr Hörorgan durch die Gürtelrose geschädigt wurde. Das ist nämlich ein häufiges Problem.«

»Ich bin ebenfalls der Meinung, dass wir etwas unternehmen sollten. Es handelt sich doch um eine Viruserkrankung?«

Ich schaute den Mann an. Er verzog keine Miene. Sein Mund war schief, die Oberlippe wie hastig ins Gesicht geworfen. Seine Augen schimmerten hellbraun, fast senfgelb.

»Das stimmt. Herpes ist eine Viruserkrankung, und diese befällt die Nerven, die Hautnerven. Und das ist für Ihre Schmerzen verantwortlich. Aber auch die Hörnerven oder die Gesichtsnerven …«

»Ich spüre nichts am Gesichtsnerv. Nur so einen ziehenden, manchmal reißenden Schmerz hier an der Wange …«

Er fuhr sich fast zärtlich über das Gesicht, sodass sich einige Schuppen lösten und wie ein schüchterner Schneefall auf seine Hose rieselten.

Ich sah kurz aus dem Fenster. In solchen Situationen

hoffte ich auf ein Zeichen aus der Natur. Eine Wolke, die wie ein Gehirn aussieht. Ein Specht, der an einem Stamm hochklettert. Doch diesmal war nichts zu sehen. Der Ast einer Papel wackelte im trüben Morgenlicht.

»Dann verzichten wir auf den Hörtest. Ich schreibe Ihnen ein Mittel auf, das die Vermehrung der Viren hemmt, die Schmerzen aber sollten wir …«

Er fiel mir ins Wort: »Ich möchte kein Mittel. Nur die Schmerzen loswerden und wissen, woher sie kommen.«

Ich sah ihn wieder an und rückte ein wenig näher. Der Stuhl kämpfte mit seinem Rollwiderstand.

»Gut. Ich halte Ihre Erkrankung für einen Herpes Zoster, auch Gürtelrose genannt. Sie ist das Ergebnis einer Virusaktivierung, wenn man …«

»Das denke ich auch.«

»Bitte lassen Sie mich kurz meine Gedanken weiter ausführen.«

»Ich glaube, es ist eine Gürtelrose.«

Was war hier los? Wohin führte uns das Gespräch? Kann man zusammenleben, wenn man sich nicht mal mehr unterhalten kann?

Mein Gegenüber zuckte mit dem linken Augenlid. Es hätte sein können, dass eine Gesichtsnervlähmung einsetzte. Hätte ich das nicht angesprochen, und er präsentierte das am Tag darauf bei einem anderen Arzt, dachte der vielleicht, ich hätte es nicht erkannt.

»Bitte runzeln Sie mal die Stirn.«

»Was hat das mit dem Ausschlag zu tun?«

»Die Entzündung kann auch den Gesichtsnerv betreffen, und dann kann es zu einer Lähmung …«

»Ich habe keine Lähmung. Ich halte es eher für eine Gürtelrose im Gesicht.«

Ich roch seinen seltsam staubigen Atem. Er roch, als hätte er Eisen abgeleckt. Schließlich stand der Mann auf und ging. Er nahm kein Rezept und keinen Rat mit. Er hatte sich am Morgen in die Ambulanz der Klinik gesetzt und konnte nicht mit mir sprechen. Oder verstand ich ihn nur nicht? Als ich von meinem Stuhl aufstand, spürte ich sogleich die Last der Vergeblichkeit, des Bemühens und die Entkräftung wie eine Muskelentzündung unter meiner Haut. Welche Gespräche waren in meinem Leben gut – mir fiel keines mehr ein.

Die Zeit raste weiter. Meine Hüften wogen schwer im Sitzen, und ich hatte das Gefühl, mal wieder Sport machen zu wollen.

Draußen flog ein Kleiber an den Stamm. Er schien ein wenig zu rutschen, bevor er sich festkrallen konnte. Kurz sah er zu mir rüber.

Wann konnte ich endlich nach Hause gehen?

Ich brauchte einige Minuten, um meine nächste Patientin zu sehen.

Ich sah in ihre Augen. Vielmehr in das eine Auge, das sie noch hatte. Sie war vierzehn und ihr Gesicht eine monströs verzerrte Fratze, die linke Hälfte durch unruhige rote Narbenplatten entstellt, das linke Auge geschrumpft, die Lider zugewachsen.

Ein Säureanschlag eines Mannes in Pakistan, dessen Hochzeitsangebot sie nicht annehmen wollte. So einfach ist das für manche Menschen: Sagst du Nein, verätze ich dir dein Gesicht. Batteriesäure als Lösung.

Die Frau lebte noch ein Jahr mit dem verschmähten Mann und dessen Familie im gleichen Dorf. Die Schande war ganz auf ihrer Seite.

In ihrem gesunden Auge spiegelte sich jetzt Interesse. Oder Angst. Vielleicht war es auch ein Heischen.

Was sah sie in München? Gab es für sie überhaupt noch Verlockung? Einen Maßstab für etwas Schönes? Das Auge war wunderschön. Eine tiefe Iris mit Wärme als Farbe, der Rest darum herum sehr weiß, das Deckenlicht eine feuchte Illusion darin. Als ich sie ansprach, konnte man erkennen, wie sich ihre Pupille ein wenig verengte. Sie wollte ihre Stirn in Falten legen, auf ihrer linken Seite kräuselten sich rote Striemen, derbe gelbliche Narben, die von blauen Gefäßen umrissen waren. Ihr Gesichtsausdruck war in einem Rahmen eingebacken. Mit einem Menschen zu sprechen, der keine interpretierbare Mimik mehr hat, lässt einen seltsam unbeteiligt.

Eine Stiftung hatte sie nach München gebracht, zu den Ärzten. Wir hatten die Aufgabe, in einem aufsehenerregenden Projekt, zusammen mit anderen Kliniken, etwas zu tun. Für das Kind. Für die Kliniken.

Wir wollten ihr Gesicht wiederherstellen. Wir wollten so etwas Seltenes auch gern mal operieren. Wir stritten uns innerhalb der Klinik darum, wer welche Eingriffe durchführen durfte.

Wer darf die Nase rekonstruieren?

Wer darf die Lider machen?

Wer die Narbenkorrekturen?

Wer sammelte Punkte auf der Fortbildungsliste zur Zusatzbezeichnung »Plastische Chirurgie«? Die er dann auf einem bronzenen Schild in einer guten Lage Münchens an einer Marmorsäule anbringen darf? Um dort Medizintouristen mit Botoxspritzen und Nasenoperationen zu versorgen. Und Umsatz zu machen.

Aber gut, wir müssen weitermachen. Weiter, der Nächste, bitte.

Zu Herrn Lengenbusch. Ein schöner Mann. Er war noch nicht alt. Dreißig. Seine Schmerzen mussten enorm sein. Der Tumor drückte auf eine Stelle der Schädelbasis, an der einige Nerven austreten. Vermutlich ein sehr schnell empfundener Schmerz. Hellgrün, grell, brennend. Uns waren die Hände gebunden, weil die Lage des Tumors eine Operation nicht zuließ. Deshalb wurde Herr Lengenbusch bestrahlt.

Ich stand an seinem Bett. Er sah auf, hängende Unterlippe, und fragte mich, was wir tun könnten. Professionell antwortete ich, dass wir seine Schmerzen behandeln würden, dazu gäbe es Medikamente.

»Wenn Sie wollen, ordne ich das bei den Schwestern an.«

Dann geschah etwas Besonderes. Er fragte mich, ob ich mich kurz zu ihm setzen wolle.

Ich setzte mich auf einen Stuhl, unsere Gesichter auf gleicher Höhe, das Licht zwischen unseren Augen konnte mühelos hin- und hergleiten. Sein Blick war müde, voller Sekret. Die Haut im Gesicht trocken, ein Äderchen lief wie ein Blitz über den Nasenrücken.

Er erzählte mir, dass er sich vor nicht allzu langer Zeit zum ersten Mal in seinem Leben verliebt habe. So richtig verliebt. Er konnte es ganz deutlich fühlen, das ganze Leben ordnete sich dieser Liebe unter. Kein Halten mehr, keine Gedanken mehr ohne. Nachdem er sechs Jahre mit seiner Frau Sibylle verheiratet gewesen war und fünfeinhalb Jahre davon wie ein einsamer Sonntag in der Tundra gewesen seien, hatte er seine neue Liebe im Urlaub kennengelernt. In Italien, auf Elba. Er trennte sich noch vor Ort von Sibylle.

Die Neue war ein Mann.

Er erzählte mir, dass er zum ersten Mal in seinem Leben am Strand lag und mit nichts anderem beschäftigt war, als einen anderen Menschen anzusehen und zu spüren, wie das eigene Herz lauter schlägt als die Wellen. Kein Buch, keine Zeitschrift, kein Essen oder Trinken. Nur der Strand und sie beide. Die anderen Badegäste entfernten sich abends langsam vom Strand, und die Sonne wurde milder. Der Sand hielt die Wärme nicht mehr lang, es war bereits Ende September. Und er legte sich mit seinem neuen Freund unter ein kitschiges Handtuch, das sie einem Strandverkäufer mit sehr brauner Haut abgekauft hatten. Ohne um den Preis zu verhandeln. Sie lagen einfach nur da. Die kleinen Wellen spülten vorsichtig etwas Sand ins Meer.

Als sein neuer Liebhaber einen haarigen Arm um ihn legte und näher rückte, ertastete er einen Knoten. Am Hals. Tausendmal hatte ihn seine ehemalige Frau dort massiert, geküsst und nichts entdeckt. Der Neue fasste ihn wirklich an.

Doch er hatte nichts Schönes gefunden.

Kurz darauf kamen die beiden in die Ambulanz, noch braun von Elba. Der Urlaub war schon eine Weile her. Die Verhärtung im Hals entpuppte sich als Metastase eines Adenokarzinoms, eine unheilbare Situation. Den Primärtumor fanden wir trotz intensiver Suche nicht, weder im Darm noch in der Lunge, noch im Bauch.

Eine Zeit lang sah alles gut aus, nachdem wir den Hals operiert hatten. Doch nur ein halbes Jahr später entdeckten wir bei einer Nachuntersuchung wieder einen Tumor, diesmal an der Schädelbasis.

Zuerst fiel ein Nerv aus, der die Augenbewegung steuert. Ein Auge sah in den Himmel, das andere suchte Elba am Horizont. Er sah alles doppelt. Nach ein paar Wochen bekam er Schluckstörungen. Auf einer Seite hatte er keine Empfindung mehr im Rachen. Als er mit seinem neuen Freund essen ging, tropfte ihm der Brunello aus dem Mund. Auf die Helmut-Lang-Hose. Und das war es dann.

Alles hinfort. Alles weg. Die neue Blüte des Lebens zerrissen, mitleidlos. Alle gingen von ihm. Am Ende seines Irrgartenlebens warteten hellgrüne Schmerzen. Andere Freunde hatte er nicht. Verlassen. Am Ende gab es Momente, in denen er nicht mehr wusste, ob das Rauschen in seinen Ohren von den Medikamenten kam oder von den kleinen Wellen, die den Strand auf Elba berühren wollten. Er bekam nie Besuch.

Auf seinem Nachtisch stand ein Foto von Sibylle.

Luft

Die Aluminiumelemente an der Außenverkleidung klapperten im Wind. Ein Hauen und Knirschen. Stand man nah am Fenster und der Außenwand, konnte man hören, wie es sich im Inneren des Gebäudes als Atmen, als Stöhnen und Seufzen fortsetzte. Ein mechanisches Geräusch, der Puls eines gewaltigen Systems, das sich mit statischer Kraft der Natur entgegendrückte. Die Arbeiter darin – Ärzte, Pfleger, Techniker, Verwalter – waren kleine Organellen, die emsig damit beschäftigt waren, den Stoffwechsel des Baus aufrechtzuerhalten. An manchen Tagen hörte ich das Ächzen deutlich. Machte ich das Fenster auf, was nur in den nichtklimatisierten Räumen möglich war, spürte ich sofort, was »draußen« bedeuten konnte: die milde Temperatur, eine hautschmeichelnde, sanfte Brise, das Zwitschern der Vögel, das Aroma von Gräsern, Bäumen, Blumen, dem Land, dem Leben.

Dann kam eine kühle Brise auf, es roch nach Seegras, norwegisch, nach den Abbruchkanten der Schneefelder auf den nahe gelegenen Bergen, deren Schmelzwasser die Gräser und Kiefernadeln auflöste und deren Öle sich in die aufsteigende Aprilluft lösten. Plötzlich Ruhe, ein kurzer Moment der Windstille, nur noch Rauschen im Innenhof.

Erneut hob ein hellblauer Wind an, diesmal trocken, rau, fast prickelnd.

Ich drehte mich um und sah auf den Schreibtisch. Akten und Akten und wieder Akten. Stapel und Schichten. Ich musste Briefe diktieren.

Ein Arztbrief soll einem anderen Arzt Informationen über die Erkrankung, die durchgeführten diagnostischen und therapeutischen Maßnahmen liefern. Formalisierte Sprachrituale. Ein Arztbrief macht einen Menschen zu einem Fall. Ein Distanzprozess nimmt seinen Lauf. Ich setzte mich hin. Spielte mit einem Kugelschreiber. Dachte an *sie*. Wie wir neulich zusammen essen waren und ein Lachen von ihr alles Schwere von meiner Seele wischte. Wie sie Wörter in den Raum atmete, die gelb und rot in der Luft flimmerten und die ich als kühlen Pfirsichduft einsog. Und wie ich sofort verstehen konnte, was sie mir sagten.

Heute war sie nicht in der Klinik. Angeblich krank. Eigentlich sollte ich mich an die Arbeit machen.

Doch, Gott sei Dank, piepte mein Alarm.

Ich musste nicht weit laufen, nur zwei Zimmer weiter. Die Patientin war eine Prinzessin, die sich seit zwei Monaten im Klinikum befand. Sie hatte bei einem

Autounfall schwere Verbrennungen im Gesichtsbereich erlitten. Sie war entstellt. Sie hatte keine Nasenspitze mehr, auf einer Seite fehlte ihr das Oberlid, die Lippen nur noch Narbenplatten. Durch die Inhalation der heißen Verbrennungsgase hatte sie sich Verletzungen an der Schleimhaut der Luftröhre und des Kehlkopfes zugezogen. Das war der momentane Grund ihres Aufenthaltes.

Sie war Angehörige eines Königshauses. Das hatte in dieser Situation für das Leben nichts zu bedeuten. Aber es bedeutete Geld. Und deshalb monatelange Behandlungen in deutschen Kliniken.

Zu Hause wäre sie im Hinterhaus einer Wohnanlage geblieben, versteckt, nie mehr hätte sie den Geruch ihrer Stadt wahrgenommen. Das konnte sie auch nicht mehr, da ihre Riechschleimhaut verschmort war.

Die Schwester hatte den Notalarm ausgelöst. Die Patientin saß im Bett, ihre Augen quollen hervor, ihr Gesicht war blau, mit jedem gequälten Atemzug, der ein metallenes Pfeifen nach sich zog, spritzte sie Speichelbläschen auf ihre Bettdecke. Der Anblick dieses verbrannten dunklen Gesichts ließ mich seltsam ungerührt, denn ihre starre Mimik ließ keine Todesangst erkennen. Ihr Antlitz war ein verdorrtes Tabakblatt. Das Weiß ihrer Augen leuchtend und starr. Pferdeaugen, wenn sie Angst haben.

Sie bekam keine Luft. Draußen raste der tollwütige Wind um die Fassade.

Die Prinzessin musste durch eine Luftröhreneröffnung atmen, weil ihr Kehlkopf durch die Verbrennung eingeengt war. Wir hatten versucht, ihre Situation zu verbessern, indem wir in einer Operation einen Knorpel entnommen hatten, dort, wo der Luftweg besonders eng gewesen war, und durch ein Stück Rippenknorpel ersetzten.

Doch der Weg zur Genesung war langwierig. Zuerst musste gesunde Atemwegsschleimhaut über den eingesetzten Knorpel wachsen, und das dauerte. Es bildeten sich Krusten, Entzündungen und Schwellungen, die den Luftweg erneut verengten.

An ihrem Kehlkopf hatte sich eine daumendicke Borke gebildet, und diese wurde beim Atmen kräftig nach unten gesaugt. Ein Rindenstück einer trockenen Korkeiche. Es wackelte beim Einatmen hin und her. Bei jedem Atemzug entstand ein pfeifendes, knarrendes Atemgeräusch. Ihre Augen waren riesig und durch die narbigen Lidreste eindringlich festgemeißelt. Sie konnte keine Angst mehr ausdrücken. Sie sah immer gleich aus. Bekam sie Besuch, verharrten Gesicht und Augen im ewig gleichen Ausdruck, wie jetzt.

Ich nahm eine lange, gewinkelte Pinzette und das Endoskop. Als ich mit den Geräten ihr Stoma berührte, begann sie zu husten.

Ich sagte: »Be very quiet, hold on, we are going to manage this in a second …«

Ihre Augen blieben groß, still, stumm. Ein Röcheln. Warme Ausatemluft, heißer Tee.

Ich versuchte, die Borke zu fassen. Deren Rand war

jedoch zu weich, die Pinzette konnte nicht greifen, ich zermatschte einen Teil der Kruste.

Sie hustete. Bellend. Sie saugte wieder Luft ein, Tränen wie Hanteln im Lidwinkel.

Der Wind heulte auf.

Die Schwester hielt den röchelnden Sauger.

Für eine Sekunde sah ich die Hand der Prinzessin, zwei ihrer Finger normal, schlank und schön, die Finger einer Frau. Der Rest ein einziger Klumpen. Sie krallte sich in den hellblauen Überzug der Matratze.

»Spülung, Spritze mit NaCl.«

Die Schwester hatte die Spritze sofort in der Hand.

Wir spülten beherzt einige Milliliter in die Luftröhre. Traten zur Seite.

Auf ihrer Stirn keimte eine pulsierende Ader auf. Die Frau bekam sofort einen Hustenanfall. Ich führte einen weichen Sauger in ihre Luftröhre ein und versuchte, die Krusten so zu fassen. Jetzt brach der Husten wie ein Sturm aus ihr heraus.

Sonst nichts.

Blutiges Sekret.

Sie bekam nun deutlich weniger Luft, was vermutlich daran lag, dass die Borke sich verdreht hatte und den Eingang zu beiden Hauptbronchien verschloss. Ihre Augen wurden auch jetzt nicht mehr größer. Aber ihre lichtlosen Pupillen nahmen fast das ganze Sehorgan ein. Das Weiße ein zitternder Halo. Ich spülte noch einmal einige Tröpfchen in das Stoma. Sie hustete jetzt schwächer, eine teilnahmslose Brise. Bäumte sich auf.

Für einen kurzen Moment war es ganz still im Zimmer. Auch draußen – Ruhe. Die Außenverkleidung der Klinik bewegungslos.

Dann hustete sie trocken und hart und schleuderte eine fingerdicke gelb-braune Kruste auf den Boden vor ihrem Krankenbett.

Sie sah ihr nach. Die Bindehaut in ihrem abstehenden Unterlid schimmerte purpurn. Sie atmete traurig ruhig.

Ich sagte: »Okay …«

Die Schwester räumte die Sachen weg.

Die Prinzessin schaute mich an. In ihren Augen stand ein flacher Tränensee. Auf rotem Grund. Ihre wenigen Wimpern waren feucht geworden und klebten zu Buschgruppen zusammen. Eine Oase. Wasser in einem ausgetrockneten, verbrannten Gesicht. Salziges Wasser. Nicht trinkbar.

Glaube

Es gab einiges zu tun. Besonders in der Ambulanz.

Dort saß ein Surfer. Blonde Korkenzieher über dem braunen Gesicht, lässig. Er redete und redete und fing zwischendurch auch an zu schreien. Keiner glaubte ihm.

Glauben.

Und so blieb ihm nichts anderes übrig, als einen Arzt nach dem anderen abzuklappern und nachsehen zu lassen, ob sie sich nicht doch getäuscht hatten.

Ganz deutlich spürte er es.

»In meinem Gesicht bewegt sich etwas.«

Ich war schon erschöpft an diesem Tag, bevor er richtig begonnen hatte. Trieb wie ein morsches Floß durch die Gänge. Als er mir im Behandlungszimmer gegenübersaß, wiederholte er sein Problem: »Hinter meiner Wange bewegt sich was.« Augen braun, klar, streng, nicht suchend, hier gab es keine Wellen.

»Seit wann …?«

Er erzählte mir, dass er schon seit Wochen dieses Gefühl habe, und deswegen war er bei verschiedenen

Ärzten, HNO-Ärzten, Kieferchirurgen, schließlich habe man ihm einen Psychiater empfohlen.

»Der hat mir Tabletten verordnet, davon bin ich ganz mehlig geworden im Kopf. Habe ich wieder abgesetzt. Mir war auch gar nicht klar, warum ich die nehmen sollte.«

Ich schob ein kleines Endoskop in seine Nasenöffnungen. Die Schleimhaut sah normal aus. Auf der rechten Seite, wo er auch immer wieder hindeutete, stieß ich auf deutlich verdicktes, eitrig wirkendes Sekret im mittleren Nasengang. Dort münden die Nebenhöhlen in die Nase. Die linke Seite war frei. Auch sonst fand ich keine Auffälligkeiten. Der Mann wirkte vollkommen ruhig. Ich stellte ihm noch ein paar Fragen, zu Allergien, ob er Schmerzen habe. Alles war unaufgeregt und rational. Entspannt.

»Sie haben nur ein wenig auffallendes Sekret im Nebenhöhleneingang, das sieht nicht schlimm aus, kann aber vielleicht ein Hinweis auf Ihre Beschwerden sein«, entgegnete ich ihm. »Sie sind ein gesunder junger Mann, sie haben seit drei Wochen diese Beschwerden. Wir sollten ein Nasennebenhöhlen-CT durchführen. Dadurch können wir erkennen, ob eine Entzündung vorliegt.«

Ich füllte bereits den Überweisungsschein für die Radiologie aus. Er nickte, sah sich den Schein kurz an und ging. Mit den Bildern würde er dann wiederkommen.

Zwei Tage später rief er mich an. Er habe etwas aus der Nase niesen müssen. Er habe Angst, dass es ein Parasit sei. Auch das erzählte er mit einer unmittelbaren, warmen Stimme, windstill.

Parasitenvorstellungen und Dermatozoenwahn sind weitverbreitet in der Medizin. Menschen haben Angst, dass etwas in ihnen lebt, sich bewegt und fortpflanzt, dass sich gelbe Larven aus Hautpickeln winden und sie von innen zerfressen werden. Eine Urangst. Alt und mächtig. Biologisch gut begründet, denn als die Menschen noch auf feuchtem Boden in einer Höhle schliefen, waren Parasiten ein ernstzunehmendes Problem, dem unsere Urahnen hilflos gegenüberstanden.

Als der Surfer noch am gleichen Tag vorstellig wurde, war sein Haar ungekämmt und bildete in feurigen Strähnen eine unheilige Corona. Er kramte ein Taschentuch aus seiner fleckigen Jeans, dem man ansehen konnte, dass es mehr als nur ein wenig Schleim enthielt. Eine ovale gelbe Girlande zitterte auf dem klammen Tuch. Unter seinen Fingernägeln zeigten sich schwarze Halbmonde, als er es auswickelte. Zuerst sah ich nur Schleim. Ein zäher Faden versuchte, das Tuch wieder zusammenzufalten, aber der Surfer hielt es auseinander, als hätte er mir eine tropische Frucht aus dem letzten Urlaub mitgebracht, die ich unbedingt probieren müsse.

In der Mitte lag, umhüllt von schillerndem Sekret, ein Wurm.

Ein Fadenwurm. Unbekümmerter Nematode.

Gelblich-grau, gegliedert, einige Zentimeter lang, im Lichtkegel der Untersuchungslampe stolz glänzend. An einem Ende sah ich eine deutliche Verdickung, vermutlich der Kopf, mit haarigen Ausbuchtungen. Die wenigen Nervenzellen darin mussten verblichen sein, denn der Wurm lag regungslos in seinem Sekretbett. Eine Wurmsülze.

Ich war völlig sprachlos.

»Mm, gut …«, stammelte ich hervor.

Mit einer Pinzette griff ich danach, es bot überhaupt keinen Widerstand, war ganz weich, so wie wir beide in dem Moment, und legte es in ein Probengefäß. Sofort waren der Glanz, das Erstaunliche, die edle Biologie dahin. Der Wurm klebte wie ein nasses Stückchen Schmutz am sterilen Plastikrohr. Ich schickte ihn ins Tropeninstitut. Einige Tage später erhielt ich die Nachricht, dass es sich dabei um einen ausgewachsenen Fischbandwurm handelte.

Ich rief den Surfer an.

»He, das Gefühl ist völlig verschwunden«, lachte er ins Telefon. Es gehe ihm gut, ob er die CT-Aufnahmen noch machen solle?

»Nein, das ist jetzt erst einmal nicht mehr nötig«, vermutete ich.

Auf mein Nachfragen, woher der Wurm in seiner Nase stammen könne, erzählte er mir eine Geschichte von seiner letzten Reise. Er hatte in Brasilien am Strand gewohnt. Und dort auch in den lokalen Tavernen zu Abend gegessen, oft gab es frischen Fisch, den die Fischer auf einfachen Holzkohlegrills zubereiteten. Dazu Bohnen, Tomaten und Brot. Und viel Bier. Er wusste noch genau, dass er sich an einem Abend nach einer Fischmahlzeit nicht wohlgefühlt habe, der Fisch sei in der Mitte noch relativ roh gewesen. Später in der Nacht habe er sich übergeben.

Meine Vermutung war, dass der ungekochte Fisch Würmer enthalten hatte, und als der angetrunkene Urlauber seinen Mageninhalt wieder hochbeförderte, bekam er einen Teil der halb verdauten Speise in die Nase. Die feuchtwarmen Schleimhäute und die angrenzenden Nebenhöhlen waren ein akzeptables Habitat für den Bandwurm, um sich niederzulassen. Und dort den Rückflug nach Deutschland zu überstehen. Sowie auch mehrere Arztbesuche. Er konnte sogar wachsen. Fadenwürmer, die in der Plazenta eines Pottwals leben, können über acht Meter lang werden.

Als er zu groß für die Nase geworden war, schaufelte er sich sein eigenes Grab: Der Niesreiz, den er durch seine schiere Körpergröße erzeugte, beförderte ihn aus seinem schleimigen Wohnort ans Licht. In ein Surfer-Taschentuch, in die sterile Atmosphäre eines Probenglases und schließlich in die Asservatensammlung des Tropeninstituts in München.

Dort blieb sein bleicher Körper bestehen, fernab von Brasilien, vom warmen Meer, weit weg vom Strand.

Erkenntnis

Als der Morgen graute, war die Luft noch frisch, unverbraucht und allenfalls mit einigen wenigen Eindrücken beladen – Ginster, Nebel und dunkelgrüne Lieschgräser. Ich befand mich auf dem Weg. Ein Ziel, dessen Sinn sich mir, wie ich hoffte, wenigstens hinterher erschließen würde. Ich fuhr mit einem kleinen Poster in einer Papprolle zur Tagung der Fachgesellschaft. Nach Hannover. Gerade recht für eine Ärzteversammlung: in der Mitte. Wissenschaftlich hatte die Tagung wenig Bedeutung. Wir mussten aber alle produzieren. Berufs- und hochschulpolitisch, glaubten wir, würden dort die Weichen gestellt werden. Schön, wenn man glaubt und das Wissen innehält und man den Blick auf die Innenseite des Gehirns in Ruhe genießen kann.

Der ganze ICE war voller Ärzte, man sah sie allerorten einsteigen, mit Posterrollen oder in Begleitung, schlechte Anzüge, abgewetzte Kostüme. Platzreservierungen vor sich hin wedelnd.

Ich sah aus dem Fenster. Die Realität zog schnell

vorbei, ein beruhigendes Fluidum, ohne dass ich etwas von ihr spürte. Gartenhaussiedlungen, ganz nah an die Gleise gebaut. Einfamilienhäuser mit Schaukeln, die vom Fahrtwind nicht bewegt wurden. Schnellimbissbuden an Bahnhofszufahrten. Park-and-ride-Schilder. Schließlich: Hannover. Grau, echoarm, rauchend wie seine Bewohner.

Wir wohnten anscheinend alle im selben Hotel. Blauer Teppich in kleinen Zimmern, fleckenbewehrt. Geruchlose Kissen. Blick auf einen Innenhof mit eckigen Klimaanlagen, Mäuler eines riesigen, verschmolzenen Mechanismus, aus denen leise ein warmer, verbrauchter Atem in den Tag surrte.

Am nächsten Morgen beim Frühstücksbuffet müde Gesichter, die Augen dunkel unterstrichen. Alles war portioniert, auch die Motivation. Der Tag wollte einfach nur beginnen.

Ich stand auf einem Kongress, dessen studierte Teilnehmer annehmen mussten, er sei wichtig. Sonst würden auch wir im seichten Wasser der Bedeutungslosigkeit waten. Ich traf einen Mitarbeiter der Klinik. Er strahlte mich an, breites Grinsen, er hatte gerade einen Vortrag gehalten, so irrelevant wie langweilig. Er hielt sich für wichtig. Ärzte arbeiten hart. Auf der Laufbahn wird viel verbraucht: Geld, Substanzen, Versuchstiere, Personal, Patienten. Zeit. Lebenszeit, die Zeit der Angehörigen, die Zeit der Ärztefamilien. Ganze Leben vergehen, um etwas zu produzieren, ein Ergebnis, eine Erkenntnis. Keine Ahnung, was wir damit machen.

Noch während er sprach und von seiner Forschung erzählte, wandte ich mich geräuschlos ab und ging zur Industrieausstellung. Ich sah mir lieber Endoskope an, mit deren Hilfe man das Innenleben des Körpers entschleiern kann.

Nach zwei Tagen, die es wegzuhoffen galt, kam ich endlich wieder zu Hause an. Ich schloss die Tür auf, war allein. Ruhe. Alleinsein ist gut. Im Kopf noch ein Schäumen. Fluktuation. Draußen gab sich die Sonne alle Mühe, eine graue Wolkenbank zu durchdringen, aus der Flugzeuge spritzten. Am Anrufbeantworter ein blinkendes Licht.

»Hallo, ich bin es. Ich habe eine Frage zum Bericht, den wir über Hannover schreiben sollen, und dachte, du könntest mir helfen.« Pause. Ein Atemzug, wie schön. Wäre ich doch bloß diese Luft. »Meld dich doch, ist nicht dringend. Meine Nummer hast du ja.«

Draußen wurde es heller.

Es war gut, nicht mehr auf eine Agenda, sondern auf einen Horizont zu schauen. Ich legte mich aufs Sofa, um endlich mit einem guten Gefühl einzuschlafen. Der Traum setzte sofort ein.

Ich war in der Klinik. Hatte keinen Dienst, bewegte mich durch hell ausgeleuchtete Flure, meine Schritte, die unsicher waren, erzeugten ein quietschendes Geräusch auf dem glänzenden Boden. Ich ging an Türen vorbei, auf denen Namen standen von Orten, an denen ich noch nie gewesen war: *Schottland*, *Oslo*, *Kalifornien*, *Palermo*, *Zufriedenheit*.

Die Türen hatten keine Griffe. Durch kleine Spalten oben und unten drang Licht. Hinter den Türen hörte ich Stimmen. Ich erkannte einige davon, es waren Freunde darunter.

Ich fing an zu laufen, meine Schuhe quietschten immer heftiger. Doch ich kam nicht vom Fleck, begann zu schwitzen, ich spürte die Anstrengung in den Beinen, das Gewicht meiner Füße, die ich mit dem Oberschenkel mühsam aus dem Matsch ziehen musste, in den sich der Linoleumboden mittlerweile verwandelt hatte.

Es war unerträglich heiß, ich stürmte vorbei an Tausenden von Türen, ich konnte die Aufschrift nicht mehr lesen. Ich blieb stehen, schwer atmend starrte ich auf eine Tür. Dahinter war es ganz still. *Verschwendung* stand auf der Tür.

Dann wachte ich auf.

Ein dünner Schweißfilm auf meiner Haut.

Muskelkater im Oberschenkel.

Draußen war es gleißend hell, die Stimmen der wenigen Vögel, die in den hellgrünen Linden lebten, hoben sich über den Straßenlärm im Hintergrund, der sich wie Schmutz durch die offenen Fenster drängte.

Ich musste wieder arbeiten, das wusste ich genau. Auf der Fahrt in die Klinik erzählte der Sprecher im Autoradio, wie schön die Stadt sei. Und tatsächlich – jetzt bemerkte ich es auch.

Allergie

Die Frau hatte graue Haare, obwohl sie erst vierundvierzig Jahre alt war. Eine Kette mit großen Holzperlen schlang sich um ihren teigigen Hals. Die Beine in einer hautengen Hose viel zu fett, zwischen den Lederriemen der Schuhe quoll weiße Haut heraus. Sie sah mich aus kleinen grauen Augen an. Wenn Misstrauen eine Person wäre … Mit halb offenem Mund hörte sie mir zu, legte den Kopf von Zeit zu Zeit leicht in den Nacken, wobei jedes Mal zwei Falten unter ihrem Kinn wieder im Gewebe verschwanden. Stattdessen glänzte dann ein schweißiger Saum.

Sie war wegen ihrer Tochter in der Klinik.

Die Tochter war acht Jahre alt, bildhübsch, ein waches, aufmerksames Mädchen, dem wohldosiert einige blonde Strähnen ins Gesicht fielen. Sie war es auch, die hauptsächlich die Fragen stellte. Anfangs war ich gut gelaunt, es war ein schöner Tag in der Klinik. Draußen schien die Sonne fröhlich an einem Himmel, an dem zuvor noch undurchdringlich graue Wolken klebten wie lästige Fragen.

»Ich habe eine Allergie und möchte wissen, was ich dagegen tun kann …«, fing das Mädchen an.

»Wogegen bist du denn allergisch, weißt du das?«

»Hauptsächlich gegen Birke und Hasel, also ich merke es meistens im Frühjahr.«

»Und was spürst du dann?«

»Meine Augen jucken, ich muss niesen und fühle mich schlapp.«

»Hast du auch Husten oder bekommst schlecht Luft?«

»Nein, eigentlich nicht …«

Und so ging es weiter. Die Anamneseerhebung mit dem Kind war völlig unproblematisch, es konnte nahezu alle Fragen zu seinem Problem selbst beantworten. Als ich gegen Ende der Konsultation begann, die Vor- und Nachteile der einzelnen therapeutischen Strategien darzustellen, unterbrach mich die Mutter.

»Also, Medikamente möchten wir nicht nehmen.«

Ihre Augen kleine, leere Espressotassen.

»Das liegt ganz bei Ihnen, es ist aber empfehlenswert …«

»Kortison und Antiallergika kommen für uns nicht infrage«, sagte sie trocken. Jedes Wort zwängte sich zwischen ihren rissigen Lippen heraus. »Was halten Sie von Zink?«, fragte sie mich, der Kopf wieder im Nacken, die Falten jetzt hinten. Vorne der Schweißring. Der Mund offen. Kleine gelbe Zähne, die Zunge tauchte wie eine blinde Muräne dazwischen auf.

»Wie meinen Sie das? In der Anwendung als Nahrungsergänzungsmittel oder als …«

»Zink gegen Allergien. Eine Freundin von uns hat das genommen und hat jetzt keinerlei Probleme mehr.«

Ich sah sie an. Einige Sekunden verstrichen, in denen das Licht im Zimmer wechselte, vermutlich schob sich doch eine Wolke vor die Sonne.

»Darüber gibt es kaum Erkenntnisse, Zink ist in vielen Gemüsesorten und anderen Nahrungsmitteln enthalten.«

»Und gegen die Allergie?«

»Die Behandlung der Allergie kann auf die Art und Weise durchgeführt werden, die ich Ihnen bereits geschildert habe. Zink schadet vermutlich nicht, Ihr Kind bekommt aber normalerweise auch durch die Nahrung …«

»Die Freundin hat keinerlei Probleme mehr damit«, schrie sie jetzt. Die Zungenmuräne sprang kurz an die Luft. Die Frau blinzelte während des ganzen Gesprächs kein einziges Mal. »Die hat das gesagt! Und man weiß ja, die Pharmaindustrie …« Und jetzt versuchte sie tatsächlich, ein Lächeln hinterherzuquetschen. Ich ließ sie damit allein und strengte mich an, keine Wimper zu bewegen.

»Ich kann nur sagen, dass es wissenschaftlich nicht belegt ist, ob mit Zink eine Allergie behandelt werden kann.«

»Also, bei der Freundin hat es gewirkt. Und ich bin der Meinung, dass man zuerst was Alternatives versuchen sollte.«

Ich sah ihre Tochter an, die während der Diskussion kein einziges Wort gesagt hatte. Fast schien sie verschämt, sank ein wenig tiefer in den Behandlungsstuhl. Schaute auf ihre Hände.

Die Mutter schnaufte. Leckte sich über die Lippen, es blieb keine Feuchtigkeit zurück.

»Also wir wollen zuerst das Zink ausprobieren.«

»Gerne«, sagte ich, »versuchen Sie es halt einmal. Wenn Sie keinen Erfolg haben, stehe ich Ihnen zur Verfügung.«

»Ja, aber die Pharmaindustrie, da muss man schon aufpassen«, spuckte sie im Aufstehen auf meinen Kittel und legte noch einmal den Kopf nach hinten, jetzt so weit, dass ich in ihre Nasenlöchern sehen konnte, bevor sie ihre schwere Hand in die meine legte.

Ein Schatten flog an der Wand entlang.

Regurgitation

Ich bekam einen Anruf von einer Kollegin.

»Ich überweise Ihnen einen einundachtzigjährigen Patienten mit unklaren Schluckbeschwerden. Abgesehen davon ist er fit.«

Muss ich mehr wissen, fragte ich mich.

Ein Specht huschte am Baumstamm vor dem Fenster des Arztzimmers hoch. Ich dachte, dass ich ihn schon mal gesehen hatte.

Später sah mich der angekündigte Patient aus schmalen schwarzen Augen an, unter denen sich die weiche Haut in Halbkreisen nach außen drehte und dabei ordinär die rote Bindehaut der Lidinnenseite offenbarte. Der Mann sah aus wie geschminkt, litt sichtbar unter diesem Ektropium. Seine Mimik wanderte zwischen Listigkeit und Traurigkeit umher. Er war bereits bei seiner Hausärztin, bei seinem Zahnarzt und beim Kardiologen gewesen. Niemand hatte etwas Nennenswertes finden können.

Er schluckte und griff sich dabei an den Kehlkopf. Sein Adamsapfel gluckste unter der faltigen dünnen Haut einmal rauf und runter.

»Da drin drückt's, Herr Doktor.«

Er machte einige Kaubewegungen und verlangte eilig nach einem Tuch.

Dann beugte er seinen Kopf nach vorn, ganz oben am Scheitel schien grau die Kopfhaut durch, und entleerte mit einer Würgebewegung eine faustgroße Knolle in das Tuch, mit Schleimfäden überzogen.

Ich spürte einen Druck, mein Magen zuckte. Ich sah graue Essensreste, Fleischfasern, nudelähnliche Strukturen.

Der Mann musste alle vier Tage einen Kloß ausspucken, erst dann konnte er wieder besser essen. Im letzten halben Jahr hatte er über siebzehn Kilo abgenommen. Er aß, die Nahrungsaufnahme wurde im Laufe der Tage immer schwieriger, schließlich würgte er den Kloß heraus, und das Ganze begann von vorn.

Niemand hatte ihm richtig zugehört, niemand hielt es für ungewöhnlich, es blieben Schluckbeschwerden. Dabei gibt es Hunderte von Unterformen.

Ich tastete seinen Hals ab. Unterhalb des Kehlkopfs auf der linken Seite war eine kirschgroße derbe Wölbung im sonst weichen Hals zu spüren. Als ich daraufdrückte und ihn fragte, ob es ihm wehtue, musste er aufstoßen.

Ich untersuchte seinen Kehlkopf und Schlund. Es war nichts zu sehen.

Wir führten eine einfache Röntgenuntersuchung durch, eine Breischluckuntersuchung. Schluckweise trank der Mann ein Kontrastmittel, während der Kollege von der Radiologie Bilder von Rachen und Speiseröhre machte. Auf diese Weise lassen sich Einengungen oder Aussackungen der Speiseröhre erkennen.

Und genau eine solche hatte der Mann. Ein Divertikel. Eine Aussackung der Speiseröhrenwand an einer typischen Stelle. Genau da, wo sie natürlicherweise ein wenig dünner wird. Seine Speiseröhre reagierte darauf mit einer Veränderung der Muskelstränge um diese Aussackung herum. Eine spontane Abheilung war nicht möglich. Aussackungen führen nicht zwangsläufig zu Beschwerden, bei ihm aber verursachte es derart große Probleme, dass eine normale Nahrungsaufnahme nicht mehr möglich war.

Menschen reagieren auf langsame Veränderungen mit Anpassungsmechanismen. Er stellte seine Nahrung um, aß Breie und weiche Kost, nahm häufiger kleine Mahlzeiten zu sich. Irgendwann stimmte seine Kalorienbilanz nicht mehr, und er begann abzunehmen, obwohl er das nicht wollte.

»Eine Behandlung ist sinnhaft, weil Sie sonst immer schlechter essen können …«, erklärte ich ihm.

Seine Augen sahen mich nachfragend an.

»Wir können das hier in der Klinik durchführen.«

Er seufzte.

»Ich bin einundachtzig Jahre alt, kann man da so was noch operieren?« Seine Stimme trabte auf einem merkwürdigen Unterton wie ein angetrunkener Reiter.

»Aber ja, wir sollten etwas machen lassen, so kann es nicht weitergehen.«

»Wenn Sie meinen, Herr Doktor, wo soll ich denn dann hingehen?«

Eine kleine Pause.

»Ich stelle Ihnen einen Kontakt her.«

Ich hörte einige Wochen nichts mehr von ihm.

Eines Tages, eine kräftige Sonne wärmte bereits die schuppige Außenhaut des Klinikums, lag ein Brief aus der Chirurgie in meinem Postfach.

Darin stand: *Wir bedauern, Ihnen mitteilen zu müssen, dass der Patient nach der Schwellendurchtrennung des Divertikels leider eine Mediastinitis erlitt und intensivpflichtig wurde. Trotz aller Bemühungen verstarb er zwei Tage darauf an Multiorganversagen im septischen Schock. Wir bedauern, Ihnen keine andere …*

Ich sah nach draußen. Der Specht war wieder da. Er kam nah ans Fenster.

Unter seinen listigen schwarzen Äuglein hatte er rote Ringe.

Zweifel

Über den Direktoratsflur. Hier saßen die Chefs, Direktoren. Klingende Titel, bekannte Namen in der Medizin, in Kliniken, Instituten.

Vor dem Fenster schwirrten Schwärme von Fliegen.

Ich blieb stehen und sah auf die Türen, hinter denen sich die Sekretariate befanden. Ich hätte hineingehen können und kündigen. Wollte ich das? Es lief doch ausgezeichnet. Aber wie lange sollte das so weitergehen, und wohinein sollte es münden?

Eine Kollegin kam vorbei.

»Was machst denn du hier?«

Auf diese Frage gab es keine Antwort, und deshalb sagte ich: »Hab ein paar Akten vorbeigebracht ...«

Sie verschwand in einem Sekretariat, fast hermetisch saugte sich die Tür wieder ins Schloss. Ich hatte genug. Doch warum? Jetzt war ich seit zwölf Jahren Arzt. Es war wie ein anhaltender Juckreiz: Geringschätzung, Anreiz, Atrophie.

Obwohl ich die Möglichkeiten an der Klinik, den

Erfahrungsgewinn genoss, vernahm ich körperlich den Drang in eine andere Richtung. Fühlte sich so der Wunsch nach Freiheit an? Oder war ich einfach abgestoßen von den Ritualen, den uninteressierten Mitläufern und den Opfern?

Vielleicht sollte ich einfach weitermachen, der Geschmack des Erfolgs klebte mir ja schon auf den Lippen. Es musste aber doch mehr Qualität geben, mehr Wert. Die Zustände unserer Zusammenarbeit gaben mir immer weniger Halt. Und ich verlor immer mehr aus den Augen, für was es sich lohnen sollte, an dieser Stelle weiterzukämpfen. Die Ersatzziele – die eigene Karriere, das eigene Einkommen, der Titel –, sie funktionierten für mich nicht mehr.

Die Leere in mir war ein kahler Block und begann mich zu stören, weil sie sich ausbreitete. Wie der Studentenparkplatz am Heiligen Abend, leer, wo eben noch Gedränge war.

Als würde ich die Welt wechseln, schritt ich an den Sekretariaten vorbei, wo bereits die ersten Privatpatienten zur Chefsprechstunde eintrafen. Gesichter. Suchend, erschöpft, arrogant.

Weiter in den großen Gang, in dem die Kioske waren, die Friseure, Automaten und Perücken. Patienten in Bademänteln, mit Infusionsflaschen und Kathetern, mit Horden von Angehörigen, die alle nach etwas Essbarem suchten. Kinder mit Süßigkeiten in der Hand.

Der Aufzug war voller Menschen. Ein Junge mit

Glatze saß im Rollstuhl. Er sah auf die gleichaltrigen Kerle, die feixend, eine Tüte Pommes in der Hand, ihre Freundinnen im Arm hielten und bei der Gynäkologie ausstiegen. Er fuhr weiter in die Onkologie.

Ich konnte seinem Blick nichts entnehmen, ich sah einfach nichts mehr.

Als ich nach oben fuhr und auf das Dach ging, hatte es spürbar abgekühlt, und eine scheinheilige Abendstimmung rieselte über die Stadt nieder. Welche Optionen haben wir eigentlich? Wissen wir es wirklich vorher? Durch hohe Gitter, die verhindern sollten, dass sich Menschen vom Dach stürzten, starrte ich über die Klinik. Ganz unten standen, gebührenpflichtig, Hunderte von Autos wie Spielzeuge. Irgendwann würde ich wegfahren und nicht mehr hierher zurückkommen.

Apfelblüte

»Schnell in den Schockraum!«

Nein, nein, nein.

Die Stimme am Telefon war bellend. In den höheren Frequenzen gebrochen, in der Hektik flatternd, eine zerrissene, schwankende Fahne. Die Ruhe war weg. Die Professionalität dahin. Ich kannte die Anruferin, eine erfahrene ältere Anästhesieschwester. Die Falten in ihrem Gesicht zurrten sie normalerweise fest in sich zusammen. Sie hatte halblange blonde Haare und schmale Lippen, die wie ein dünner Schlagbaum zwischen ihren Furcht einflößenden Backen schwebten. Sie roch immer nach Chanel N° 5. Nicht dem echten. Es gab nur zwei Situationen, in denen sich ihre Stimme überschlug: wenn es um ihre Überstunden ging oder um Kinder.

Ich rannte in den Schockraum, die vorbeirauschenden Fenster im Klinikflur flackerten wie ein Stroboskop, meine Hosenbeine zitterten wie verrückte Tentakel.

Die Schiebetür zum Schockraum stand offen, und die Hektik der Situation war schon von Weitem hörbar.

»Schnell, vier Konserven … haben wir noch einen anderen Zugang … Sättigung bei zweiundachtzig … ist der HNO schon auf dem Weg …?«

In dem Moment kam ich rein. Auf dem Tisch lag, hell erleuchtet und umringt von zehn Ärzten und Schwestern, ein Kind. Etwa sechs Jahre alt. Sein schönes Gesicht war erschreckend bleich, das Blut auf den Lippen und an den Nasenlöchern wie Schminkversuche eines Debilen. In der Mitte war das Gesicht seltsam abgeflacht, nach innen gedrückt und ein einziger blauer Fleck.

Der Junge war bereits intubiert, im Tubus röchelten mit jeder Beatmung kleine hellrote Blutfetzen. Die Augen waren halb offen. Die Arme beidseits mit dicken Infusionsnadeln versehen, an deren Ende eine Plastikflasche hing, die von einem Arzt zusammengedrückt wurde. Druckinfusion. Damit die Lösungen schneller in das Kind gelangten.

Das EKG piepte schnell, viel zu schnell, als wollte es weglaufen. Es lief uns davon. Die Sauerstoffsättigung im Blut war niedrig. Sie sank immer weiter. Dann stieg sie wieder ein wenig. Die Töne pfiffen wie Kugeln an meinen Ohren vorbei.

»Sechsjähriger Junge, beim Klettern von einem Baum gefallen, mit dem Gesicht auf einem Ast aufgeschlagen, vom Notarzt intubiert, hier umintubiert, Hb fünf, schlechte Sättigung, massives Nasenbluten, hat aspiriert …«

Die Worte klangen wie ein seltsames Gedicht, entstellend.

Magisch.

Es roch nach Metall. Angesengtem Metall. Eine Mischung aus Eisen und Eiweiß, wenn Blut offen herumsteht.

Das Deckenlicht spiegelte sich in den blau umrandeten Jungenaugen.

»Wenn Sie hier so weit wären, gehen wir sofort in den OP …«, sagte ich. Keiner hörte mir zu. Das EKG zeigte eine flache Linie, der Ton war durchgehend schrill, ein Zucken fuhr durch die versammelte Mannschaft.

»Herzstillstand«, schrie ein Assistenzarzt, der es kaum glauben konnte und deshalb vermutlich das aussprach, was alle sofort erfassten.

Die Geschwindigkeit der Bewegungen schien sich zu verdoppeln. Einer drückte auf den Brustkorb des Jungen, ein anderer nestelte an der Infusion, ein dritter zog Spritzen auf und injizierte sie in den Infusionsschlauch.

Die Sekunden dehnten sich unendlich aus, eine quälende, nervenzehrende Zeit. Ich wünschte mir, sie würde sofort aufhören, vergehen, vorbei sein, es musste ein Ende haben.

Bitte ein Ende.

Bitte ein Ende.

Nach einigen Sekunden setzte wieder ein regelmäßiger Herzschlag ein.

Allen war klar, dass sich die Prognose des Kindes, dies alles ohne Schaden zu überleben, damit erheblich verschlechtert hatte.

Vom Baum gefallen.

Nachdem der Junge stabilisiert war, trat ich an den Kopf. Die Lippen waren blutig verkrustet, aus der Nase ein hellrotes Rinnsal, lief über die Jungenlippen, ein bleiches Gesicht. Mir war nicht gut in dem Moment. Wo waren seine Eltern? Hatten sie eine Vorstellung von dem, was hier drin abging?

Die Augen hatten sich bis auf einen kleinen Schlitz geschlossen. Mit dem Endoskop sah ich in die Nase hinein, das linke Nasenloch war nur verklebt, aus dem rechten lief immer noch Blut. Ich saugte das Blut und violette Klumpen von den Wänden. Am hinteren Ende der Nasenmuschel pendelte ein Gewebestück hin und her. Als ich es mit dem Sauger ein wenig anhob, brandete das Blut aus einem kleinen Gefäß, und sofort war die Nase wieder voll. Aber dieses Gefäß hatte eine etwas andere Farbe als das umliegende Gewebe, etwas dunkler, dunkelrot, ins Violette changierend. Ich konnte es gut erkennen.

Der rasende Puls drückte immer noch glänzend rotes Blut aus der Ader.

Es fehlte nicht mehr viel, und der Junge wäre tot.

Ich spürte in diesem Moment keine Ehrfurcht mehr. Die Angst hatte sich in einen Auftrag verwandelt.

Es durfte einfach nicht sein: sterben beim Spielen auf dem Apfelbaum.

Mit einer Koagulationspinzette verödete ich das Gefäß. Die Blutung stand sofort. Rauchfäden standen im Nasenraum, ich beobachtete sie atemlos, kleine dichte Wölkchen, die sich schwerelos absaugen ließen. Wir warteten einige Minuten, sahen uns an. Eine OP-Schwester zählte die weiß-roten Tupfer, sonst machte keiner was. Ein Augenlid zuckte im Rhythmus des Pulsoxymeters. Alle waren still. Eine Andacht. Keiner sagte ein Wort. Wir spürten die Gewalt, die Unersetzlichkeit, die Einmaligkeit eines einzelnen Menschen, der nun vor uns lag. Das Wunder des Lebens ist zart. Ein millimeterdickes Blutgefäß in der Nase entschied über Weiterleben, über Schule, Ferien, ans Meer fahren, lernen, abends alleine unter der Decke weinen, Liebeskummer, Vater werden. In diesem Moment, den wir nur mitansehen konnten, würde sich sein Schicksal entscheiden.

Der Junge war allein, und wir alle warteten unter dem zitternden Horizont.

Ein leeres, dumpfes, bohrendes Gefühl, ein Verwandter von Schmerz.

Ich saugte vorsichtig einige Male an der Stelle, die vorher geblutet hatte. Immer noch sagte niemand ein Wort. Wir warteten einige Minuten. Ich hörte, wie die Truppe nahezu synchron atmete. Wir hatten uns beruhigt. Eine Schwester fragte den Anästhesisten leise, ob die Intensiv schon Bescheid wisse. Sie hatte schöne dunkle Mandelaugen.

Das Problem war beseitigt. Es hatte fünf Minuten gedauert, eine Situation gemeinsam zu lösen, die ein Kind in akute Lebensgefahr gebracht hatte. Das Rauschen der Klimaanlage war deutlich zu hören. Wir ließen den Jungen im Narkoseschlaf und legten ihn auf die Intensivstation.

Als ich aus der Klinik ging, spürte ich meine Oberschenkel. Weil kein Stuhl mehr im Schockraum frei gewesen war, hatte ich die ganze Zeit in einer halben Hocke über dem Kopf des Jungen gestanden. Abfahrtshaltung. Ich hatte das Gefühl, dass ein störender Geruch von mir ausging, und wollte sofort duschen.

Der Goldregen vor dem Personaleingang leuchtete rauschhaft, ein Gelb wie eine Ohrfeige, der Duft des anschwellenden Frühlings ritt auf einem leichten, lauwarmen Wind um das Haus. Der Himmel war nicht ganz blau, zwei, drei zerfranste Wolken ruhten sich aus, bevor die Mittagssonne sie einschmelzen wollte.

Auf meinem Sofa schlief ich einen unruhigen Schlaf, Zuckungen strömten durch meine Beine. Ich wachte mehrmals auf und sah kleine Adern platzen. Auf einem blendend roten Blutstrahl surften lachende blonde Kinder durch Klinikflure, auf denen schmunzelnde Ärzte standen und applaudierten.

Am Abend aß ich noch ein wenig.

Alles schien nebensächlich. Irgendwie war kein Interesse mehr da. Während andere ausgingen, feierten, saß ich zu Hause und trank Wasser.

Als ich einige Tage später den Jungen auf der Normalstation besuchte, saßen seine Eltern bei ihm am Bett. Der Bursche hatte sich gut erholt, seine Wangen lachten zartrosa, die blauen Flecken waren ins Grüne gereift.

Morgen würde er wieder nach Hause gehen dürfen. Ich gab den Eltern die Hand und stellte mich vor. Sie sahen mich ohne eine Idee an. Im weiteren Gespräch fragte ich nach, wie es denn passiert sei.

Die Mutter sagte, wobei sie jedes Wort am Ende abhackte: »Ich wollte den Baum ja fällen lassen, er aber nicht …«, und ihr Blick strich über den Mann und dann über das Kind, das sie mit buntem Gesicht ansah.

Ich sah an ihnen vorbei, vom sechsten Stock der Klinik konnte ich gerade noch die Goldregenbüsche erkennen, die am Ende des Besucherparks warteten. Sie hatten einen großen Teil ihrer Blüten abgeworfen, am Boden unter ihnen mischte sich ihr Gelb mit dem Grün des Rasens wie eine beginnende Infektion.

Ach

Die Sonne hatte an Kraft verloren, am frühen Nachmittag wärmte sie zwar immer noch die Oberarme der Frauen, auf denen sich warme Strandnachmittage abspielten. Doch am Morgen schmeckte es bereits nach Vergänglichkeit.

Ich ging in die Klinik, in der ungewöhnlich wenig los war, die Menschen zogen es vor, am Ende des Sommers draußen zu bleiben. Auf dem Stationsflur roch es nach Putzmitteln und Kaffee, quietschende Sandalen schleppten sich von links nach rechts und umgekehrt.

Ich zog mich um, fand in den Kitteltaschen Notizen über Patienten, die schon längst entlassen waren, und ging ins Arztzimmer. Alle saßen rum. Assistenten, Studenten, sogar die Stationsschwester war da.

Ich sah ihren Blicken sofort an, dass etwas nicht stimmte. Sie sahen schwer aus, mitgenommen, nicht traurig, aber kurz davor.

»Was ist denn los?«, fragte ich in den Raum.

Alle rutschten auf ihren Sitzen herum.

»Hast du's noch nicht gehört?«, posaunte die Stationsschwester mir entgegen. Ihr Atem roch nach Kaffee.

»Was denn?«

»Der Mann von Greta hat sich umgebracht. Ist mit hundertachtzig in seinem BMW gegen einen Brückenpfeiler gefahren.«

Greta war die Stationshilfe. Sie stand ganz unten in der Hierarchie. Ganz weit weg von den wichtigen Lebensläufen. Ein einfacher, liebenswürdiger Mensch, italienisch oder albanisch, das wusste keiner so genau, immer ein authentisches, lässiges Lächeln auf den Lippen, als ob sie die ganze Geschichte hier nur am Rande etwas angehen würde.

Aber an Greta gerieten alle. Alle heulten sich bei ihr aus. Sie war die Therapeutin der Ärzte. Sie war die Seele der Station.

Immer hatte sie einen Kaffee für uns, eine Süßigkeit, ein übrig gebliebenes Essen. An den Freitagen wusste sie ganz genau, ob der Fisch gut war oder ob man lieber die Mehlspeise nehmen sollte. Schon bevor das Essen kam. Sie war eine Synapse im Nervensystem der Klinik. Und sie schien zu fühlen, was man brauchte. Sogar Zigaretten bot sie den Kollegen an, wenn sie völlig erschöpft aus dem OP auf die Station hochkamen. Als Informationsquelle ersten Ranges wusste sie von Personalveränderungen früher Bescheid als die Betroffenen selbst.

Greta hatte schwarze Haare und dunkle Ringe unter den Augen. Dass ihr Leben nicht ohne Sorgen war, konnte man jeder Falte ihres Gesichts entnehmen. Weiche Kartoffeln auf einem regennassen Acker im Oktober.

Sie war vor dreißig Jahren nach Deutschland gekommen und fing als Putzhilfe an. Wurde schließlich Stationshilfe.

Manchmal saß man allein mit Greta im Stationszimmer und trank Kaffee, während sie rauchte und das Geschirr in die Spülmaschine räumte. Dann drehte sie sich von Zeit zu Zeit um und schnurrte mit tiefwarmer Frauenrauchstimme kurze, einfache Sätze zu einem hin.

»Daaa, bleiben S' ein bisschen sitzen, manchmal muss man sitzen bleiben.«

Sätze voller Allgemeingültigkeit, ehrlich, aus dem Herzen, mild, ohne Schmerzen. Man konnte einfach dasitzen und zustimmen. Und dabei an nichts denken. Es geschehen lassen. Die leichte Bewegung der Luft im Gesicht spüren. Riechen, mit was sie angefüllt ist, die Müdigkeit ganz tief in sich stehen lassen und sich innerlich heimlich davonschleichen. Es war eine Meditation. Einfach und »Ach«. Ist schon okay. Die Gleichgültigkeit des Südens. Nicht ärgern, einfach da sein. Ruhe rauchen und gewohntes Parfum, so wie immer.

Ach.

Jetzt hatte sich Gretas Mann also das Leben genommen hatte. Ein kleiner, untersetzter Südländer, zwei Hemdknöpfe offen, Augen, aus denen süßer Espresso schwappte. Niemand von uns kannte ihn gut, manchmal holte er Greta auf der Station ab, und dann tranken die beiden einen Kaffee mit uns. Nicht selten versammelten sich alle Ärzte um den Tisch, an dem die beiden saßen.

Er war einfach aus dem Haus gegangen, hatte sich nicht verabschiedet und war weggefahren.

Bis Mitternacht hatte Greta gewartet. Um zwei Uhr war sie auf die Station gekommen und hatte sich mit der Nachschwester unterhalten. Gefragt, was sie tun soll. Noch mal zu Hause angerufen. Als sie nach der Schicht gegangen war, stand die Polizei bereits vor der Tür ihrer Wohnung.

Mit hundertachtzig stangengerade gegen einen Brückenpfeiler der Autobahn. Spielschulden.

Sie erlitt einen Nervenzusammenbruch.

Ein halbes Jahr später kam sie auf die Station zurück. Als ich sie das erste Mal wiedersah, war sie nicht mehr Greta. Sie war ein anderer Mensch. Ihre Augenringe hatten sich wie Brandwunden tief in die Backenknochen eingearbeitet, an den Rändern der Stirn lief ihr das Haar weg, an den Mundwinkeln zog eine starke Strömung nach unten. Sie redete kaum. Keine einfachen Sätze mehr, keine Meditation, kein Ach.

Ich fühlte mich nicht mehr wohl in ihrer Nähe, verspürte eine Art Schuldbewusstsein, wenn ich bei ihr saß, wir alle mieden sie. In ihren Pausen saß sie immer häufiger allein an den weißen Tischen herum und faltete die Ecken der Tischdecken hin und her.

Sie roch anders.

Der Kaffee schmeckte anders.

Wir wollten nicht mehr bei ihr sein.

Bestimmung

Um fünf Uhr morgens, ein Tag war noch gar nicht in Sicht, schlug ich die Bettdecke zurück und hob mich in die verbrauchte Luft. Vor dem Fenster ein unangenehmes Schwarz.

Als ich mich besann, schlugen die anstehenden Aufgaben in meinem Kopf ein. Kleine irritierende Projektile, auf die mein staunendes Gesicht als höhnischer Gruß eines unsichtbaren Schützen gemalt war. Keine Zeit verlieren. Während ich mir die Zähne putzte, las ich meine Mails: Werbung, Rechnungen, Beschwerden, Anfragen. In dieser Reihenfolge. Dann Duschbad. Der Weg in die Klinik musste schnell zurückgelegt werden.

Es war eine Zeit, die keiner bezahlte. Die niemandem nutzte.

Opportunitätskosten. Wehrlose, dicke, dumme Zeit, die man zur Seite schieben musste. In der Klinik rief ich nacheinander meine Patienten von der Station auf. Sie kamen, mit Binden vor der Nase. Weiß-rote Schnauzbärte.

Der erste Mann saß vor mir.

Seine Haare standen wild ab, auf seinem Nachthemd sah ich auf Brusthöhe einige Blutströpfchen. Ein weißer Gips war mit Klebestreifen auf seinem Nasenrücken befestigt, die geschwollenen Augen lugten wie bei einem irren Ritter seitlich davon ins Untersuchungslicht. Ein fünfzigjähriger Mann, der eine plastische Operation durchführen ließ, weil er sich an seinem Aussehen zu stören begann. Ich erklärte ihm, dass ich jetzt die Tamponaden ziehen würde.

Das ist in aller Regel schmerzlos, aber auch nicht schön. Manchmal blutet es stark, was besonders dann unangenehm ist, wenn man schnell wieder weitermuss, in den Arbeitsalltag, nützlich sein.

Ich nahm die Pinzette und zog vorsichtig an den Fäden, die an den Tamponaden festgemacht waren. Mit einem sehr dezenten Ruck löste ich sie von der Schleimhaut, fragte den Mann, ob es auszuhalten sei.

Er hatte die Augen zusammengedrückt: »Mmh, geht.«

Ich zog die erste Tamponade ganz aus dem Nasenloch, und sofort kam ein kleiner Schwall Blut hinterher. Versiegte aber wieder.

»So, die erste Seite haben wir schon. Das haben Sie sehr gut gemacht. War es auszuhalten?«

»Kein Problem.«

Dann die andere Seite. Langsam, ganz langsam.

Die Tamponade war draußen. Kein Blut. Prima.

Mit dem Endoskop sah ich mir die Nase von innen

an, löste Krusten, saugte Sekret ab, entfernte Blutkoagel. Das ging schmerzlos. Trotzdem war der Patient etwas bleich geworden und rollte die Augen zur Decke. Ich legte ihn erst mal hin, damit sein Kreislauf sich erholen konnte.

Als wir fertig waren, besprachen wir die weiteren pflegerischen Maßnahmen, und ich verabschiedete mich von ihm.

Alles Gute im weiteren Leben. Mit Ihrer neuen Nase. Jetzt wird alles anders. Er torkelte nach draußen.

Ganz kurz musste ich an *sie* denken. Ich war nach dem gestrigen Tag mit ihr auf den Parkplatz gegangen, ein Windstoß verwirbelte ihre Haare. Zeitlos. Wir sprachen über den Tag in der Klinik; ich sprach vor allem darüber, dass wir uns ja bald wieder treffen könnten. Sie drehte sich lachend um, eine blonde Strähne raschelte entlang, ein Lächeln explodierte hinter norwegischen Lippen. Die Sonne fiel durch die Fenster der geparkten Ärzteautos, und in den Lichtspalten schwirrte Staub umher. Es sah aus wie Einschusslöcher in der Luft.

Es klopfte an der Tür, die Schwester meldete den nächsten Patienten.

Ein Vierzigjähriger, der mich ansah, als wüsste er nicht, warum er eigentlich bei mir war.

Auf meine Frage, wie ich ihm helfen könne, antwortete er: »Das weiß ich nicht, deswegen bin ich ja hier.«

Für einige Sekunden sah er noch dümmer aus. Wollte provokant wirken. Ich bin zurückhaltend, immer zurückhaltend. Das ist die einzige mir bekannte Technik, um den Frieden aufrechtzuerhalten.

Ich lächelte zart.

Dann begann er zu reden, in einer trödelnden, bewusst langsam schwankenden Melodie. Er kippte die Wörter aus seinem Mund, bedächtig, ließ sie mir vor die Füße plumpsen, unverbundenes Material. Als sei ich schuld daran, dass er berichten muss.

»Also gut, ich war beim Zahnarzt und habe mir den Vierer und den Sechser an der Wurzel behandeln lassen. Das scheint aber nicht die Lösung zu sein. Und da denke ich mir, das kann's ja jetzt nicht sein. Und deswegen haben mein Zahnarzt und ich die glorreiche Idee gehabt, weiter nachsehen zu lassen. Ich war ja schon bei einigen Fachkollegen von Ihnen, die haben aber nicht wirklich weiterhelfen können.«

Schwierig. Unangebrachte Überheblichkeit und Ausdrucksschwäche.

Bisher noch kein Wort zu seinen Beschwerden. Stattdessen Appell und Anklage. Ich sah ihn interessiert an.

»Und deswegen bin ich hier.«

Ich konnte es nicht fassen.

Der Mann triumphierte beinahe. Geriet in die Selbstbestätigungsschleife. Ein Ärztehasser. Wollte sicher selbst mal Medizin studieren.

Ich fragte: »Was haben Sie für Beschwerden?«

Der Stuhl knarzte unter ihm. Der Kerl wog geschätzte hundertzwanzig Kilogramm.

Mit Fingern, die Brühwürsten ähnelten, deutete er auf seinen Oberkiefer und sagte: »Da drin, da steckt ein Schmerz, das kann's ja nicht sein.«

Er sah mich direkt an, durch eine für seinen Schädel viel zu kleine, enge Brille.

»Seit wann haben Sie die Beschwerden?«

»Seit ich das Implantat vom Zahnarzt bekommen habe. Das kann's aber nicht sein, das haben wir schon festgestellt.«

»Hatten Sie Fieber?«

»Ich bin kein Fiebertyp.«

Ich versuchte, auf eine blitzartige Reise zu gehen. Mein Kopf ein weiter, freier Raum, in dem Frieden herrscht und ein angenehmer Wind geht.

Ich: »Haben Sie bereits ein Röntgenbild anfertigen lassen?«

Er: »Der Zahnarzt hat sogar mehrere gemacht. Die sind in Ordnung.«

Ich: »Was ist daran in Ordnung?«

Er: »Die Implantate.«

Mit einem bitteren Gefühl der Verwunderung rutschte ich ein wenig nach vorne.

Ich: »Ich würde gerne in Ihre Nase sehen.«

Er: »Deshalb bin ich da.«

Ich nahm das Nasenendoskop und schob es langsam in die fleischig umrahmten, von dicken schwarzen Borsten besetzten Öffnungen hinein. Vom Nasendach hingen gelbliche Fäden, an der Scheidewand blutige Krusten. Die Geschwindigkeit, mit der sein schwerer Körper die Luft durch die anatomischen Engstellen seiner Atemwege einsaugen musste, um versorgt zu sein, trocknete die Schleimhaut aus. Ein Schnarcher. Litt unter Apnoe. Sein Gehirn bekam in der Nacht zu wenig Sauerstoff.

Ich drängte mich ein wenig tiefer in die Nase hinein, die sich öffnete wie ein fremdartiges Gebirge. Auf einem roten Planeten mit lila Stränden. Er zuckte zurück. Mit dem freien Auge sah ich, dass seine Augenlider flatterten wie Kolibriflügel.

»Gleich habe ich es …«

Dann zog ich das Endoskop wieder heraus.

»Ihre Nase gibt keinen Hinweis auf eine Entzündung oder eine Veränderung an der Schleimhaut. Sieht alles gut aus.«

»Woher kommt das dann?«, fragte er.

»Es wäre möglich, ein CT der Nebenhöhlen zu machen, darauf könnten wir sehen, ob der Boden der Kieferhöhle intakt ist oder Veränderungen aufweist. Aber ich halte es auch für möglich, dass Veränderungen um das Implantat herum, eine kleine Entzündungsreaktion beispielsweise, Ihre Beschwerden verursachen.«

Er sah mich fragend an. Ratlos. Ein Gnu, das allein in der Steppe zurückgelassen wurde und sich ein Rascheln im Elefantengras einbildet.

Ich sagte: »Wenn wir Klarheit haben wollen, sollten wir ein CT der Nebenhöhlen machen. Alternativ können wir einfach warten, einige Tage Ibuprofen einnehmen. Das mildert Ihre Beschwerden und dämpft mögliche Entzündungen.«

»Also ein Schmerzmittel.«

»Ein entzündungshemmendes Schmerzmittel.«

»Ich bin eher der Typ, der die Ursache wissen möchte. Und nicht nur einfach ein Schmerzmittel einnimmt.«

»Deshalb meine Anregung zu einer Bildgebung«, sagte ich.

»Der Zahnarzt hat aber schon geröntgt.«

»Der Zahnarzt hat vermutlich die Zahnwurzeln durchleuchtet. Jetzt benötigen wir jedoch eine Aussage über den Knochen und die Schleimhaut.«

»Das muss ich mir überlegen«, sagte er.

Er wirkte jetzt wieder überheblich.

Er war der Bestimmer über seine Perspektive. Ich konnte ihn nicht beraten, eine einfache Lösung hier und jetzt war nicht möglich. Das ist für viele unerträglich.

Er stand auf, der Stuhl knarzte erneut. Mokant. Er federte sogar ein wenig nach, als der Mann stand. Auch ich stand auf.

»Überlegen Sie es sich gerne, ich stehe Ihnen immer zur Verfügung. Sie können jederzeit wiederkommen.«

Jetzt lachte der Typ. Das erste Mal, seitdem er bei mir war. Er gab mir die Hand und sagte sehr leise, bewusst leise: »Auf Wiedersehen.«

Seine Hand war weich und fleischig, sein Druck absichtlich fest.

Ich drehte mich um und wusch mir sofort die Hände.
Versprühte einen Raumduft.
Sah mich im Spiegel an.
Ich bin auch nur ein Mensch.

Hören

Ich kannte sie, seit ich in der Klinik war. Sie und ihren Mann. Zwei zurückhaltende, wunderbare, zarte Menschen, die Händchen haltend in die Sprechstunde kamen. Immer ein Lächeln auf den Lippen. Sie regten sich nie über die Probleme auf, die andere Menschen erfüllen, längere Wartezeiten, Patienten, die sich vordrängelten, ein Aufzug, der nicht tadellos funktionierte. Sie waren demütig. Eine Eigenschaft, die ein Wärmegefühl in mir auslösen konnte.

Doch an diesem Tag sah sie nicht gut aus. Ihr Gesicht bleiern. Ihre Augen strahlten das Gedämpfte eines schlechten Erwachens, einer Überraschung, einer Wendung, einer Ungreifbarkeit aus. Sie zitterten tief in den dunklen Höhlen, um die sich Fältchen wie verwelkte Kränze rankten. Ihre Mundwinkel waren eingerissen, die Lippen spröde, streng geschlossen. Ihre sonst zu einem Lachen geschwungenen Nasolabialfalten waren in eine trockene, starre Haut gemeißelt.

Nur ihr Eau de Toilette roch wie immer.

»Wie geht's Ihnen?«

»Schlecht, mein Mann ist tot«, sagte sie.

Einige Sekunden vergingen.

Dann sagte ich: »Wie ist das passiert, wollen Sie darüber sprechen?«

Sie beugte sich nach vorn und legte mir ganz behutsam, als müsste sie mich schonen, die Wörter vor die Füße.

»Ich erinnere mich, als wäre es vor einer Stunde geschehen. Und genauso fühle ich mich auch. Draußen regnete es in Strömen. Mein Mann hatte einen Termin in der Herzklinik. Eine Katheteruntersuchung, harmlos, weil er manchmal so ein Druckgefühl im Brustbereich hatte. Er fragte mich noch, ob ich mitfahren will. Ich sagte, ›Nein, es regnet, fahr doch alleine.‹ Für mich war das keine große Sache!«

Sie machte eine kleine Pause, um die Mundwinkel bebte ihr Gesicht. Auf ihren Augen lag ein glänzender Film, hinter den Pupillen schützte sich die ganze Sehnsucht nach dem Vergangenen in Dunkelheit.

»Ja, ich wartete zu Hause auf ihn. Der Regen wurde stärker, vor unserem Haus bildeten sich Pfützen. Irgendwann kam es mir komisch vor, und ich rief auf der Station an. Die Schwester kannte mich gar nicht, und ich musste erklären, dass ich meinen Mann suchte. Sie sagte, dass er noch nicht da sei. Auf meine Frage, wo er denn sei, sagte sie, darüber könne sie mir keine Auskunft geben. Ich hab sofort gemerkt, dass etwas nicht in Ordnung war. Ich hab das richtig gespürt.«

Sie ballte die Hände zur Faust und legte sie auf ihre Brust. Ihre Finger sahen nicht sehr alt aus. Ihr Gesicht wirkte angestrengt, konzentriert.

»Also bin ich zur S-Bahn geradelt und in die Herzklinik gefahren. Auf der Station habe ich eine Schwester gefragt, wo mein Mann sei. Sie hat gesagt, sie wisse es nicht und ich soll bei der Stationsärztin fragen. Als ich am Arztzimmer war, klopfte ich an. Keine Antwort. Deshalb habe ich wieder die Schwester gefragt. Die hat gesagt, ich solle noch mal klopfen. Ich bin wieder zum Arztzimmer. Keine Antwort. Ich klopfte noch mal. Von drinnen kam ein leises ›Ja‹. Eine Ärztin saß am Tisch, sie hatte ein Diktiergerät in der Hand, auf dem Schreibtisch lagen eine Menge Akten. Ich stellte mich vor und fragte, ob sie wisse, wo mein Mann sei. Sie wisse es auch nicht, sagte sie. Ich fragte noch einmal, ob ich jemanden sprechen kann, der weiß, wo mein Mann geblieben ist, er war ja zur Katheteruntersuchung in die Klinik gekommen.«

Ich hörte ihr aufmerksam zu. Sagte nichts, nickte von Zeit zu Zeit. Vor mir flimmerte eine Wand aus Stille, ich spürte die Ehrlichkeit und die Enttäuschung in dieser kleinen Frau, und den Mut, mir dies alles zu erzählen.

»Die Stationsärztin hat gesagt, ich soll draußen auf einem der Stühle Platz nehmen, sie würde sich erkundigen. Ich sah den Schwestern eine ganze Zeit lang dabei zu, wie sie Tabletten herrichteten, Essen holten, telefonierten, Akteneinträge schrieben. Nach einer halben

Stunde kam eine andere Ärztin. Sie hatte blaue Sachen an, wie aus dem OP. Sie fragte mich nach meinem Namen, sagte ihren so schnell, ich hab ihn gar nicht verstanden. Sie blieb stehen und sagte, dass mein Mann gestorben sei. Dann sagte sie noch etwas, aber das habe ich nicht mehr gehört.«

Die Frau fing an zu weinen. Lautlos. Ihre Tränen wie Regentropfen, die an einem Birkenstamm herunterrinnen.

Dann erzählte sie, dass sie, nachdem die Ärztin wieder gegangen war, einfach dort sitzen geblieben sei. Minutenlang fühlte sie gar nichts.

»Für einen Moment habe ich gehofft und gedacht, jetzt werde ich bestimmt gleich aufwachen und mich über den schlechten Traum wundern. Aber ich blieb dort, auf der Station.«

Der Wind vor den Fenstern hatte ein wenig aufgefrischt, die Bäume bewegten sich sanft, ein leises Rauschen drang in den Raum.

»Irgendwann bin ich aufgestanden und habe die Schwestern gefragt, wo mein Mann denn sei. Die baten mich, ihnen zu folgen. Wir gingen über einen Gang, ich lief der Schwesternschülerin hinterher, sie grüßte die entgegenkommenden Schwestern laut und verabredete sich auf einen Kaffee nach der Schicht. Am Ende des Ganges sah ich eine geöffnete Tür, die zur Krankenhauskapelle führte. Die Schwester brachte mich in ein Zimmer. Auf einem Bett lag mein Mann, die Augen geschlossen, eine Plastikrose in der Hand. Eine Plastikrose. Die habe ich gleich weggenommen, hab seine Hand in meine genommen, ihn gedrückt und geweint. Ich war eine ganze Zeit lang alleine da drin. Vollkommen leer, ich wusste gar nicht, ob das alles wahr ist. Irgendwann bin ich wieder rausgegangen und hab den Weg zurück auf die Station gefunden. Da kam gerade die Visite, und ich sah den Professor, bei dem mein Mann gewesen ist. Ich fragte ihn, was mit ihm passiert sei, und er sagte, dass mein Mann bei der Katheteruntersuchung einen schweren Infarkt gehabt habe und daran verstorben sei. Mehr hat er nicht gesagt! Nur diesen Satz! Dann drehte er sich zur Seite und ging weiter, hinter ihm liefen eine Menge Ärztinnen und Ärzte her, auch die aus dem Arztzimmer und die in den blauen Klamotten hab ich wiedererkannt. Sie gingen alle an mir vorbei. Und ich blieb da stehen.«

Ich hätte nicht sagen können, wie lange sie mir all das erzählte, wie viel Zeit wir schon gebraucht hatten.

Verbraucht hatten.

Wie viel Wartezeit wir aufgebaut hatten.

»Später bin ich noch mal zu ihm gegangen. Hab sein Gesicht gestreichelt. Seine Hände gehalten. Dann bin ich nach Hause gefahren. Ich weiß nicht mehr, wie ich zurückgekommen bin. Ich hab unser Haus aufgesperrt, und sah seine Schuhe, sie standen da wie immer, neben meinen. Seine Lesebrille in der Küche, mit seinen Fettdappern drauf, wir hatten am Vorabend noch zusammen gegessen. Ich wusste nicht mehr, wo ich bin, was ich machen soll. Wohin ich gehen soll. Ich stand alleine in unserer Küche. Das ist schlimm.«

Sie fing noch einmal an zu weinen. Kurze, harte Seufzer, sie wurden immer trockener.

»Kann ich irgendwas für Sie tun?«, fragte ich sie.

Sie stand auf.

»Ich hab Sie lange genug aufgehalten. Ich muss jetzt gehen.«

Fast lautlos öffnete die Frau die Tür, ich stand neben ihr, bedankte mich und gab ihr die Hand, die sie für einen Moment kraftlos drückte.

Ich wollte mich umdrehen und setzen. Einen Schluck Wasser trinken. Doch eine Schwester steckte ihren Kopf durch die Tür und sagte: »Bitte schauen Sie gleich den Patienten an, der ist schon ganz sauer.«

Ich begrüßte den Mann, der im gleichen Augenblick ins Behandlungszimmer stürmte. Er verzog keine Miene. Sagte: »Jetzt warte ich seit einer Stunde, morgen fliege ich in den Urlaub, und ich weiß, in drei Minuten bin ich wieder draußen …«

Eine Pause entstand.

»Was kann ich denn für Sie tun?«, fragte ich.

Sein Gesicht war verzerrt, als hätte er in eine Zitrone gebissen.

»Ohren sauber machen.«

Sie

Mittlerweile war ich über vierzehn Jahre hier. Auch die Norwegerin, die nach dem Studium in der Chirurgie in Oslo gewesen war, arbeitete nun seit Jahren als Assistenzärztin in der Klinik. Im Routinebetrieb sahen wir uns selten; es blieben Augenblicke, nicht mehr und nicht weniger. Schnell, fast unmerklich. Lächelten wir uns im Licht der langen Krankenhausgänge an, war das Hinreißende schon zügig in den nächsten Notwendigkeiten zerronnen. Wie Fibrin. Öffnete ich den Mund, um ein leichtes Gespräch zu führen, schmeckte ich auch immer gleich das Geprahle der Truppen. Ständig vorhandener Lärm.

Sie war anders. Sie spielte nicht mit im Spiel der Macht. Ihre Uneitelkeit wirkte auf mich schöpferisch, ich freute mich. Ihre Zartheit und Eleganz überlasteten jedoch den ernst schauenden Männerapparat. Die Kollegen beobachteten sie verstohlen, und wie ein Echo prallte dieses Starren von den polierten Oberflächen zurück. Die Kiefer der Kollegen mahlten gleichmäßig.

Ich las in ihren Gesichtern, in denen sich die Augen verkrochen, die Anstrengung, sie absichtlich nicht zu beachten. Manche Kollegen versuchten sogar, ihr zu schaden. Dann führte sie keine interessanten Eingriffe durch. Sondern wurde zu Eingriffen geschickt, die besondere Schwierigkeiten bargen. Der Körper des Patienten als Instrument der Macht.

Der Kooperationsrahmen der Truppe veränderte sich immer wieder. Der Gehorsam im System machte es vielen Ärzten schwer, individuelle Abwägungen zu treffen. Ob man weiterkam oder sitzen blieb, ließ sich kaum prognostizieren. Erwartungen und Vermutungen kreisten wie unsichtbare, giftige Käfer über unseren Köpfen. War ein Gerücht erst einmal in der Welt, wurde es in der klimatisierten Atmosphäre der Klinik mit der Zeit zur Wahrheit.

Eines Tages wurde ich von einer Anästhesistin in den OP gerufen. In der Umkleide saß ein lockiger Kollege verschwitzt und in Unterhose vor seinem Spind und zog sich frische Socken an.

»Und, was machst du?«, fragte er mich.

»Ich gehe in Saal vier, eine Submandibularis assistieren.«

Er rollte mit den Augen, ich sah auf eine dunkelrote Bindehaut.

»Und, wer macht dann die Ambulanz?«, murmelte er beiläufig und band seine Schuhe.

Was weiß ich. Mach's doch selbst.

Ich flüchtete in den Waschraum. Durch die Fenster zum OP sah ich, dass sie dastand und mit einer Medizinstudentin zusammen eine Unterkieferspeicheldrüse entfernen wollte. Das Desinfektionsmittel, mit dem ich meine Unterarme einrieb, roch gut. Fast blumig. Ich trat ein, eine Schwester zog mir den Kittel an.

»Gut, dass Sie da sind …«, sagte die Anästhesistin.

Als ich an den Tisch trat, hatte ich Augenkontakt mit der Norwegerin. Herrliche, glamouröse Augen, deren Glanz momentan von Zerrüttung erdrückt wurde.

»Ein Patient mit einer chronischen Entzündung, alles ist total verbacken«, sagte sie mir mit ihrer sonst klaren Stimme, in der etwas Zitterndes mitlief. »Wir kommen nicht mehr weiter.«

Sie trat zurück, der Platz am Tisch wurde frei. Die Anatomie unter dem Kiefer des Patienten war sauber dargestellt, aber dort, wo normalerweise die gut abgrenzbare Drüse war, klebte ein trockener Knödel im Gewebe. Die wiederholten Entzündungen hatten das Organ mit der Umgebung, den Nerven und Gefäßen im Hals verklebt. Die Präparation war äußerst mühsam. Ich nahm eine Pinzette, zog etwas Bindegewebe von der Drüse weg und fuhr mit einer stumpfen Schere darunter. Jede Bewegung im Hals des Patienten löste eine Sickerblutung aus. Zwischen den für die Zungenbeweglichkeit und das Schlucken wichtigen Nerven mäanderten die prallen Äste der Halsschlagader. Starre graue Lefzen aus Bindegewebe hielten wie eine faltige Hand alles fest. Durchtrennte ich einen kleinen Strang, war ein Geräusch zu hören. Als schneide man einen ausgedörrten kleinen Zweig ab.

»Wer hat euch denn zu diesem Eingriff eingeteilt?«

Es war der Kollege, den ich in der Umkleide getroffen hatte. Und der sich davongemacht hatte. Er hatte ihr gesagt, dass sie das ja wohl schaffen würde. Sie stand allein mit einer Studentin über einem problematischen Experteneingriff.

»Das habt ihr schon ganz gut gemacht«, sagte ich, während ich einen Nerv, der mit einem Gefäß verschmolzen war, mit einem Tupfer wegstreichen wollte. Man hatte sie bestraft, indem man sie für diese Operation eingeteilt hatte, ohne Hilfe. Ich sah hoch, entspannte meinen Nacken. Ihre Augen glänzten nass. Ihr Mundschutz klebte zu dunkel neben der Nase auf der Haut. Sie sah schnell wieder auf unseren Patienten, auf einer Augenbraue funkelte eine Schweißperle wie ein Diamant. Nach zweieinhalb Stunden hatten wir es geschafft. Die Drüse war entfernt.

Ich wartete vor der Umkleide auf sie, durch das Fenster zum Hof sah ich, wie aus dem Abluftschacht des Wirtschaftsgebäudes Dampf quoll. Einen Gang darunter gingen unsere Kollegen mit Styroporbechern in den Händen entlang. Der Lockige sah in meine Richtung, eine Dampfspirale vor seinem Fenster nahm ihm die Sicht. Als ich mich wieder umdrehte, fiel die Tür zum Treppenhaus zu. Ich ging hinein, da saß sie, neben ausgetretenen Zigarettenkippen, auf dem Boden des Treppenhauses, die Arme über den Knien verschränkt, der Kopf dazwischen vergraben. Über dem kalten Beton schlich der Geruch des Mittagessens vorbei. Ich kniete mich vor sie.

»Hey, ist doch gut gegangen. Ich weiß, dass das nicht richtig war, dich einzuteilen.«

Ihr Kopf zuckte. Ein Tropfen fiel auf den Betonboden, er wurde sofort dunkler an der Stelle. Ich berührte sie an der Schulter, drückte ihren Musculus deltoideus. Sie hatte noch immer diese trainierte Festigkeit, dieses Umschriebene. Sie zitterte.

»Ach, komm, du hast das super gemacht, die anderen sind halt Deppen, die nur an sich denken. Asozial und dämlich. Ich fühle mich hier auch oft sehr alleine.«

Tief unter uns knallte eine Tür zu. Ich knetete ihr Genick, in dem ein heller Flaum wohnte. Sie sah mich an, der Lidstrich war verschmiert, ein trauriger Waschbär. Ein wunderschöner Waschbär. Ich strich ihr über die Wange. Keine Annäherung, kein Kussversuch, bloß nicht die Situation ausnutzen, Rückzug und Stabilität. Ich stand auf, durch das vergitterte Fenster dräute ein launiger grauer Himmel ohne Konturen.

»Komm!«

Ich zog sie hoch, sie wischte sich die Tränen mit dem Kittel aus dem Gesicht, wir hatten beide keine Taschentücher, obwohl das ganze Haus voller Tücher und Tupfer war.

»Danke«, sagte sie und invertierte die Unterlippe, nahm noch mal kurz meine Hand, drückte sie, und wir schlichen beide aus dem Treppenhaus hinaus ins helle Licht.

So lief es weiter. Männer mit Gefühlsstau machten es ihr schwer, verhinderten sie. Sie musste Studienakten sortieren, in denen Überlebensraten zu unterschiedlichen Operationsverfahren standen und die dann von anderen publiziert wurden. Ich versuchte, sie zu schützen. Meine Gefühle zu ihr wuchsen immer stärker, langsam, breit und vehement. Das brachte Verwirrung, in mir und auch in der Klinik. Manch einer ahnte etwas und begann, mich auszufragen.

Ich log und täuschte ihnen stattdessen etwas anderes vor.

An einem schönen Nachmittag hatten wir beide Dienst. Ich war ihr Oberarzt. Eine diffizile Situation. Meine Anbetung für sie kollidierte wachsweich mit meinem Status im Haus. Wir gingen gemeinsam die sehr langen Gänge hinunter, alle entgegenkommenden Patienten und Kollegen schienen zu lächeln. Der Aufzug benötigte vier Sekunden in den sechsten Stock, Zeit genug, um ihre Lippen mit meinen zu berühren, die Weichheit zu spüren, ein Wimpernschlag Unendlichkeit. Schnell, und die Tür ging wieder auf. Vor dem Eingang zur Station berührte sie meine Hand mit zwei Fingern. Der Mann, der die Container mit dem Abendessen aus dem Lastenaufzug zog, sah uns und grinste geheimnisvoll, bevor er mir zunickte. Seine Zustimmung hatte ich also.

Wir gingen zu einer Frau, die nach einer Hirnhautentzündung ertaubt und mit einem Cochlea-Implantat versorgt worden war. Der Eingriff war zwei Tage her. Gemeinsam wechselten wir den Verband und sahen uns die kleine Naht an der Kopfhaut der Patientin an, unter der das Hörsystem lag. Das war alles, was man von außen sehen konnte, darunter ein Analogon der Sprache und damit der Welt.

»Sieht gut aus«, sagte ich zur Patientin, sie sah mir direkt auf den Mund.

Viel zu laut fragte sie uns, wann wir das System einschalten würden und sie wieder hören könne.

»Zwei, drei Wochen sollten wir schon noch warten …«, gab ich ihr zu verstehen.

Sie lächelte. Sie meinte damit nicht mich, sondern lächelte in einen Raum hinein, der zwischen uns dreien lag. Auch wir lächelten, selbstvergessen, beinahe spürte man die Wärme. Sie legte kurz ihre Hand auf die der Norwegerin, deren Augen in diesem Moment vom Blauen ins Farblose stürzten und mir ihre Transparenz sublim entgegenhielten.

»Schon toll, welche Möglichkeiten wir haben«, flüsterte sie mir auf dem Stationsgang zu. Ich strich über ihren Kittelrücken. Hinter uns donnerte der Essenswagen an die Aufzugtür. Ja, es ist enorm, welche Möglichkeiten wir haben. Schade um die, die wir nie erkennen können, dachte ich vor mich hin und sah auf meine weißen Schuhe. Wir schlenderten in den Garten der Klinik, grün gestrichene Metallbänke unter prächtigen Linden und Buchen, meist saßen Patienten in Trainingsanzügen darauf, auf einigen Personal. Viele rauchten. Von hier sah der Bau wie ein Zuhause aus, weiße Schwaden quollen über ihm in den Himmel, als atmete er langsam. Auf dem Dach blinkten Lichter. Wir saßen da, das Gras roch aus seinen frisch gemähten Wunden, und wir stellten uns beide dieselbe Frage: Wie lange wollen wir hier bleiben, an der Klinik?

Zwei Wochen später: Betriebsausflug. Ich ging mit Menschen durch Mischwälder spazieren, wir waren alle so verschieden. Hauptsächlich ging ich mit, weil ich wusste, dass sie auch dabei sein würde. Wir wurden immer wieder von kleinen Gruppen getrennt, die uns aufnahmen und nach ein paar Hundert Metern auf Kieswegen wieder ausspuckten. Irgendwann aber saßen wir endlich nebeneinander. An einem eiskalten Bach steckten wir unsere Füße ins Wasser. Es sah aus wie geschmolzenes Glas. Sofort färbten sie sich weiß. Dicht über der Oberfläche zuckten Fragmente. Ich sah alles klar. Köcherfliegen schoben ihre Larven von unseren Zehen weg. Mit den Händen stützten wir uns ins atmende Gras. Die anderen saßen ein paar Meter weit weg und sprachen über Patienten und die kommenden Dienstpläne. Die Sonne leuchtete auf uns herunter, die Füße unter Wasser wurden noch weißer, mein Gesicht wurde warm. Ich tastete mit meinen Fingern zu ihr hin, strich über ihren Handrücken, sie streckte sich schmal den Sonnenstrahlen entgegen. Ich nahm ihre Hand, sie war feucht vom Gras, wir hielten uns und blieben, verborgen vor den anderen, am frostigen Bach sitzen. Wir sahen weiterhin ins Wasser, unsere leichenblassen Füße tauchten zueinander hin, die eingefrorene Haut filterte die Sensibilität weg. Wie taub, wir kicherten. Zeitgleich sahen wir uns an, an ihrer Wange klebte ein Halm, ihre Lippen formten eine Berührung in die frische Luft. Wir spürten beide, wie schön es genau hier war, Sprache war nicht nötig in diesem Moment. Von drüben, wo die anderen in den Bärlauchwiesen hockten und Waffeln fraßen, kam ein tiefes Lachen. Sie drehte den Kopf, sah kurz zur Klinikmannschaft hin und dann wieder mir mitten ins Gesicht, dabei strich ihr eine blonde Strähne verschlafen über die Stirn und brachte sie zum Zwinkern. Ich ahnte den Impuls auch in meinen Lidern. Sie lachte, im Untergrund des nächsten Atemzugs klang ein leichter Ton nach, kaum hörbar. Ein zerbrechliches Hinhauchen, in den Strom gesäuselt, nur den Bruchteil eines Moments lebend. Ich hielt die Luft an, und alles war vereist um uns herum, nur wir bewegten uns weiter in diesem geschützten kleinen Raum, den keiner sonst sehen konnte. Über uns am Horizont schwollen unscharf gezeichnete Wolken an, die sich wie Zellen vermehrten. Wir können ja zusammen gehen, dachte ich und legte diesen Satz, so behutsam ich konnte, vor uns hin. Mit zwei feinen chirurgischen Pinzetten. Sie antwortete sofort: gerne. Wir standen beide auf, meine Fußsohlen glühten magentafarben, Reperfusion. Als wir wieder zu den anderen aufschlossen, ging sie ein paar

Meter vor mir. Ich spürte ganz deutlich, wie mich ein warmer Wind zur Seite trug und den Weg frei machte.

Schließlich war alles gut verlaufen. Wir waren endlich, endlich richtig zusammengekommen, und es fühlte sich an, als ob alles immer schon darauf hingesteuert wäre.

Der Himmel neigte sich gegen seinen Rand und errötete, es wurde langsam Abend, und einige bauchige Wolken schlichen sich zärtlich davon.

Ich hielt sie mit beiden Armen. Fugenlos. So, dass keine Nacht mehr zwischen uns passte. Ich atmete ein bisschen von ihr ein, und einige blonde Haare krochen mir in die Nase. Ein rasendes Kitzeln. Ich wollte sie in diesem Moment nicht loslassen und drehte den Kopf von ihr weg. Ich sah nach oben, alles war so transparent, keine Atmosphäre, keine Grenze, kein Abschluss unserer Welt zum Universum war sichtbar. Oben sind die Pole, an denen Klarheit herrscht und Brillanz, hier unten brauchen wir Ideale und haben Ängste. Hier unten sind wir haltlos. Milliarden von Galaxien, in denen Abermilliarden Sterne glühen und noch mal so viele nie sichtbar werden, strahlten wie lächelndes Plankton auf uns herab.

Ihre Wärme drang durch die Kleidung zu mir hindurch, ich wollte alles aufnehmen, jetzt, und alles niedermachen, was nicht Leben war. Wir waren beide hier. Mein Kopf fiel in ihren Nacken, ich roch unzählige Momente, die ich nicht einordnen konnte, aber sie würden auf uns warten. Innigkeit und Tiefe kamen, die nachtblaue Stille stülpte sich über uns, die Bedrohung war weg. Schützend umhüllte mich alles. Unser Leben, das durch mich hindurchfegte, ohne zu bleiben; sollte ich es festhalten, oder war das unmöglich?

Auf einmal war mir alles klar.

Es war eine gute Antwort, vielleicht die beste. Vielleicht konnte ich den Plan jetzt besser verstehen. Warum es so viele Sterne sein müssen. Und wie wir uns im Inneren zusammensetzen, jedes Mitochondrium eine eigene Galaxie. Zumindest würde ich den Plan besser ertragen.

Egal, wie wir uns hier unten bewegen, wie wir leiden, hoffen und glauben.

Das Licht, das von den Sternen auf uns fällt, kann nicht schneller werden. Lichtgeschwindigkeit ist eine endliche Größe. Wenn wir mit unseren Instrumenten in den Himmel blicken, erfassen wir nur ein mögliches Bild der Sterne, davon, wie sie vorher einmal gewesen sind.

Wenn wir mit unseren Endoskopen in den Leib sehen, erkennen wir nur eine Version.

Alles kann täuschen.

Aber wenn wir lieben und vertrauen, spielt dies keine Rolle.

Dann werden wir selbst zu Licht.

Dankbarkeit

Neun Uhr morgens. Ein Schwarm Wildtauben flog auf der Suche nach Nistplätzen leise um das Klinikum herum. Durch das Fenster hörte ich das Lispeln der Flügelschläge. Die Bäume unten im Klinikgarten standen voll im Saft, platzten fast vor Grün und dampften sattes Leben aus allen Poren. Leben, das wie zum Hohn auf die grauen Menschen hinabrieselte, die den Garten aufsuchten.

Ich wandte mich vom Fenster ab und meinen Patienten zu, die gerade hereinkamen und sich setzten. Vor mir ein kleines Pärchen, beide waren schon alt. Ihre Haare leuchteten wie silberner Draht im Morgenlicht. Die tiefen Falten in ihren Gesichtern warfen Schatten auf eine trockene, mit kleinen gelben Punkten gesprenkelte Haut. Auf ihnen schien völlige Ruhe zu liegen. Sie atmeten hörbar, nahezu synchron.

»Es tut mir leid, dass ich keine besseren Nachrichten für Sie habe«, begann ich und machte eine Pause, in der sich die Augen der beiden nicht einmal weiteten.

»Der Lymphknoten war mit einem bösartigen Tumor befallen. Eine völlige Entfernung können wir nicht garantieren. Eine Operation allein kann keine Heilung herbeiführen.«

Erneut keine Regung. Ein Schatten flog über das Gesicht der Frau, das sich dadurch nicht veränderte.

»Aber wir können eine Bestrahlung anschließen, die recht gute …«

»Herr Doktor!« Sie unterbrach mich im warmen, weichen Ton eines milden Menschen. Ihr Gesicht leuchtete auf, als sie zu sprechen begann. »Sie brauchen nicht weiterzusprechen. Wir haben es bereits verstanden. Es gibt keine Rettung mehr. Das haben wir schon akzeptiert.«

Ich wusste nicht, was ich sagen sollte, also nickte ich stumm.

»Mein Mann ist darauf vorbereitet. Wir wollen die letzte Zeit gemeinsam in Würde verbringen und nicht in der Klinik.« Als sie das sagte, lächelten beide.

Ich spürte, wie auch meine Mundwinkel zu einem Lächeln ansetzten.

»Wissen Sie, wir haben etwas, was man nicht kaufen kann und was uns unser ganzes Leben beschützt hat. Wir haben unsere Liebe. Wir waren immer füreinander da, und das werden wir auch jetzt sein.«

Ich bildete mir ein, dass sie das letzte Wort etwas breit und gepresst aussprach, sich zusammenreißen musste.

»Wir bleiben zusammen, auch wenn einer von uns zuerst gehen muss«, sagte der Mann und sah gut dabei aus. Seine Augen kräftig, stolz, im Fundament der Selbstachtung zur Ruhe gekommen. Jetzt nahmen sie sich an der Hand. Die Finger der Frau strichen langsam über die des Mannes, die trockene alte Haut ließ ein sehr leises, sanftes Reibegeräusch entstehen. Als ob sie mit der Hand durch den kleinen Raum über einer blühenden Wiese fliegen würden. Die Sonne schien auf ihre faltigen, von blauen Strängen durchzogenen Arme. Hinter ihnen, am Boden des Arztzimmers, zitterte der Schatten.

»Wir möchten keine Therapie. Wir haben alles gehabt.«

Wieder sprach sie ganz warm, wie um mich zu beruhigen. Und sah mich jetzt eine unmerkliche Note bestimmter an. Ich fühlte, dass ich nichts mehr sagen sollte, keine Erklärung geben, keine Aufforderung aussprechen, keine Diskussion anfangen. Die Suche war abgeschlossen. Stattdessen: Dankbarkeit, Selbstbewusstsein. Was will der Mensch?

Ich stand auf. Gab der Frau und dem Mann die Hand, sprach sie beim Namen an und sagte leise, mit einem vorsichtigen Nicken: »Auf Wiedersehen.«

Sie standen beide langsam auf, bedankten sich, verabschiedeten sich auch mit einem ehrlichen »Auf Wiedersehen« und gingen eng beisammen aus dem Zimmer.

In meinem Rücken spürte ich, wie die Sonne langsam stärker wurde.

Der folgende Patient war für mich der schillerndste von allen.

Michael. Er war fünfzehn.

Und bizarr.

Sein Leben, ein Trauerspiel, das sich auf der Welt abspielte.

Anders als bei einer herkömmlichen Erkrankung, die einen Anfang und ein Ende hat oder einen chronischen Verlauf nimmt, war das ganze Leben für Michael die Krankheit. Michael war Krankheit. Er war mit einer unbekannten Mutation auf die Welt gekommen. Sein Kopf war klein, schmal und schief, und die schwarzen Haare klebten dicht an seinem Schädel wie ein nasser Maulwurf.

Er verlor früh sein Augenlicht.

Er war schwerhörig.

Er hatte Klumpfüße und mehrere Herzoperationen hinter sich.

Er ging gebückt und hielt seine zitternden Hände wie verkrümmte Flügel vor seiner Brust. Sie konnten nicht greifen.

Seine Großhirnrinde war vorhanden, doch wir hatten keine Erkenntnis darüber, wie Michael wahrnahm, eine Gefühlswelt aufbaute, eine Sinnsuche führte. Vielleicht Liebe empfand. Angst. Wie konnten wir es wissen?

Schmerzen kannte er allemal, denn wenn er mit seiner Mutter in die Klinik kam, um sich von hartem Ohrenschmalz befreien zu lassen, das eine Benutzung seiner Hörgeräte unmöglich machte, musste ich äußerst vorsichtig vorgehen, damit der kleine Mann nicht laut aufwimmerte.

Michael duckte seine geschlossenen Augen von der Welt weg. Er gab andauernd Geräusche von sich, und wenn er schnell Luft holte, weil er sich über etwas freute, dann seufzte er wie ein zu enges Wasserrohr. Mit einem Glucksen füllte er seine Windel, und dabei brandete so etwas wie Erleichterung in seinem Gesicht auf.

Am meisten freute er sich auf das Meer. Und deshalb machte ich ihm im Sommer, vor seinem Urlaub, die Ohren immer besonders gut sauber. Ich fragte seine Mutter immer und immer wieder, wie Michael ins Meer geht. Sie erzählte mir dann mit leuchtenden und sehr fröhlichen Augen, wie der Junge ins Wasser der Adria stieg.

Langsam lief er, dann seufzte und röchelte er, bewegte seine Schultern. Sein gelähmtes Gesicht schickte die Andeutung eines Lächelns in den blauen italienischen Ferienhimmel, an dem ein Propellerflieger ein Werbeplakat hinter sich herzog. Umringt von Kindern, die verschreckt um das gleichaltrige Monster herumstanden, das jetzt seinen seborrhoischen kleinen Kopf schüttelte, sodass glitzernde Wasserperlen in einem sanften Regenbogen durch die hellblaue Adriasommerluft segelten, jeder Tropfen mit einem Molekül von Michael, und dann mit dem warmen Meer und mit der ganzen Welt verschmolzen.

Was bleibt

Es wurde Abend, und er war allein.

Er lag in seinem Klinikbett, nur mit seinen Beschwerden und den Fotos auf dem Nachttisch. Als die Nachtschwester ihm einen Tee brachte, Pfefferminz hatte er sich ausgesucht, hörte er die anderen Schwestern bei der Übergabe im benachbarten Schwesternzimmer lachen und reden. Sie besprachen, was sie noch machen wollten an diesem lauen Sommerabend, der sich über die Stadt ausbreitete. Einige sprachen davon, mit Freunden in einen Biergarten zu gehen.

Das würde Müller nie mehr tun.

Er sah an die Decke, an der sich Lichtreflexe spiegelten. Die tief stehende Sonne schien durch den halb zugezogenen Vorhang.

In ihm tauchten Erinnerungen auf, an seine Kindheit mit den Eltern, die Füße im warmen Wasser des Gardasees, die Badehose, die er die ganzen Ferien anlassen wollte, hinterließ Scheuerstellen vom Sand. Die drei Wochen schienen unendlich, so war das Leben als

Kind, unbeschwert, aufregend, voller interessanter Entdeckungen.

Sie hatten im Zelt geschlafen, er roch auf einmal den Leinenduft der Schlafkabine, die frische Wäsche, Schweiß, Sonnencreme, Salz, von draußen Thymian, Rosmarin, verschütteten Lambrusco, Grillkohle.

Er lag jetzt wieder in dieser Schlafkabine und fühlte das Glück dieser Zeit, einmalig, nicht wiederholbar, nicht zu greifen, aber es war einmal da gewesen.

Jetzt war alles weg.

Aus.

Was blieb, waren Tage, die er im Liegen verbrachte, wahrscheinlich würde er nicht mehr nach Hause gehen.

Am nächsten Morgen würden sie ihn noch mal besuchen, seine Frau und die zwei Kinder, dreizehn und fünfzehn, und auf den Papa schauen, der mit eingefallenen Wangen dalag, der Port deutlich sichtbar unter seiner Haut.

Welche Urlaube würden sie nach ihm haben? Würden sie sich bewusst machen, dass es schön war mit ihm und dass es keine Wiederholung gab?

Sein Arm begann zu zucken, ein stechender Schmerz, gelb-grün würde er sagen, mit der Zeit ordnete er den Schmerzen Farben zu. Ein Druck auf die Schmerzpumpe, und nach einigen Minuten würde er nichts mehr spüren. Auch kein gutes Gefühl mehr. Alles würde eher wattig bleiben, weich, ein wenig Schutz gaben ihm die Morphine noch.

Der Pfefferminztee hörte auf zu dampfen.

Vor den Fenstern wurde es dunkler.

Was dann bleibt von einem, ist nicht viel.

Ist der Mensch einmal zugedeckt, zersetzen sich mit zunehmender Geschwindigkeit die Erinnerungen an ihn, verdunsten unmerklich für alle.

Ein hellblaues Krankenhausleintuch lag über Herrn Müller.

Ein guter Mensch sei er gewesen, versicherte mir seine Frau mit trockenem Mund.

Ein normaler Mensch.

Auch ich hatte ihn so in Erinnerung. Er war einer derjenigen, die es zufällig erwischt – warum, weiß der Teufel. So ist nun mal die Biologie. Ein zufällig auftretendes genetisches Ereignis, eine kleine Mutation in der DNA, die nicht repariert werden konnte, und schon war eine unsterbliche Krebszelle entstanden.

Im gesunden Körper von Herrn Müller fand sie Nahrung, teilte sich milliardenfach und drang in Blutgefäße ein, wo sie ihre Abkömmlinge in Heerscharen entließ. Viele davon wurden vom Immunsystem erkannt, das den Kampf aufnahm. Müller bildete Killerzellen, schüttete Eiweißbotenstoffe ins Blut aus, die weitere Soldaten seines Abwehrsystems alarmierten.

Aber der Klon hatte schon nach einigen Wochen eine erneute Mutation durchlaufen; in den ungehemmten Teilungsprozessen entstand eine Krebszelle, die von den Immunsoldaten schon nicht mehr so leicht erkannt wurde. Sie kopierte einen Teil der Außenmembran der Abwehrzellen, ähnelte nun den Immunsoldaten.

Damit war sie getarnt.

Bestimmte Eiweißstoffe, die die Krebszellen wie mit einer leuchtenden Flagge markierten, damit die Immunsoldaten sie auffinden konnten, blieben nun nicht mehr in der Zellwand der Eindringlinge stecken. Seine immunologisch aktiven Zellen hatten verloren.

Müller hatte verloren.

Bis sich an seinem Hals eine erkennbare und tastbare Lymphknotenmetastase bildete, dauerte es wahrscheinlich weniger als sechs Monate.

An diesem Morgen, als er beim Rasieren bemerkte, dass er einen Knoten am Hals hatte, war es bereits zu spät.

Abermilliarden von Krebszellen hatten seinen Körper überschwemmt und in vielen Organen Mikroabsiedelungen gebildet, vom Immunsystem des Körpers unbemerkt.

Schläferstationen, die darauf warteten, dass irgendein Signal sie aufwecken würde, damit sie zu wachsen anfingen. In Leber, Lunge und den Lymphabflusswegen waren Satellitenstädte der Krebszellenmafia entstanden, eine einzige Megalopolis, die den Körper überzog und durchdrang wie ein unsichtbares Netz. Im Knochenmark lebten bereits Myriaden von Zellen, die neue Mutationsformen der ursprünglichen Krebszelle waren.

Doch Herrn Müller ging es blendend.

Nach einer Woche ging er zum Arzt. Solche Knoten kommen alle daumenlang vor, und deshalb wurde ein Blutbild abgenommen. Das war normal. Der Arzt versuchte, mit einem Antibiotikum eine womöglich aufgetretene bakterielle Entzündung zu therapieren.

Wie zu erwarten, stellte der Hausarzt nach drei Wochen keine Veränderung fest. Er wollte helfen und gab Müller weiterhin Empfehlungen, an die er glaubte.

Kügelchen, die aus Zucker und nichts bestanden, Extrakte von Bakterienwänden, Pflanzenstoffe.

Nichts änderte sich.

Müller hatte bereits ein komisches Gefühl.

Das ist oft so.

Oft ahnen Patienten, dass etwas nicht in Ordnung ist.

Das kann auch täuschen, aber häufig ist das Gefühl des Patienten eine gute Information für Ärzte.

Und Müller hatte da so ein Gefühl.

Er spürte, dass in seinem Körperinneren, tief in ihm, an einer Stelle, die er weder beschreiben noch begreifen konnte, ein Krieg entbrannt war, der schon längst die körpereigenen Verteidigungslinien überrannt hatte.

Er lag abends wach, konnte nicht einschlafen, wie in Trance glitten seine Hände über den knotigen Hals und sagten ihm, dass das Ding größer geworden sei.

Allein, sehr allein sah er an die Decke und sehnte sich danach, den Grund dieser Veränderung zu erfahren.

Seine Interessen verblassten wie seine Gesichtsfarbe.

Der Frühling kam in seinen Garten, es interessierte ihn nicht.

Rechnungen und Einschreibebriefe blieben ungeöffnet auf dem Küchentisch liegen, bis seine Frau mit einem runden Streichmesser die Umschläge aufriss und ihm den Inhalt mit besorgtem Blick neben seinen Teller legte.

Es interessierte ihn nicht.

Alles, was seinen Alltag ausmachte, war nebensächlich geworden. Seine Freunde begannen, nach ihm zu fragen. Er blieb ihnen die Antwort schuldig. Kein Kegeln, kein Bier, kein Fußball, nur liegen bleiben. Nicht einmal Fernsehen. Und wenn, dann, als sähe er gar nicht zu, als flackerte nur seine leere Hülle vor dem Bildschirm bleich auf.

Müller ahnte, dass etwas nicht stimmte.

Sein Körper wusste es bereits.

Schließlich saß er wieder im Wartezimmer seines Hausarztes und sah schon an dessen konzentriertem Gesicht, dass sich etwas geändert hatte.

Was folgte, war die übliche Reise: Überweisung zum Facharzt, Bilder, Sonografien, bedeutungsschwangere Gesichter. Tief umrahmte Augen von Ärzten in schlecht sitzenden Hemden, Vielarbeiter. Täglich beobachten sie das Schicksal unschuldiger Menschen wie seines.

Probeexzision. Histologie und Gewissheit. Tumorboard. Besprechung namenloser, entfremdeter Akten mit Tumorgrößen und Lymphknotenstatus, Kopfnicken der Experten. Augen zusammenkneifen vor dem Röntgenschirm, um jede noch so kleine Kugel zu entdecken.

Chemo, Radiotherapie. Eingespannt in ein metallenes Gerüst mit Eisenzähnen, der Geruch der Vorhänge. Gefressen werden von Maschinen, die schmerzlose Strahlen in Sekundenbruchteilen in den Körper bomben. Hoffen, dass das Ziel erreicht wird.

Das Ziel.

Nebenwirkungen, Schmerzen.

Und wenn die Schleimhaut im Rachen wie eine feuchte Tapete ohne Muster vom Fleisch fällt, kommt die Schwester mit der Astronautennahrung.

Pikant oder süß? Pfirsich Melba. Jetzt neu: Cappuccino.

Irgendwann ist es aus.

Wann, wissen wir nicht.

Unfassbar.

Wir strecken alles von uns und kreischen einen entsetzlichen Laut aus den verbrannten Kehlen, wie unverständlich und ohne empfundenen Sinn alles ist.

Und war.

Alles, was bleibt, ist ein organischer Abfallhaufen. Weg sind sie, die Gedanken, die Gefühle, das Lachen, die Liebe und der Ärger auch.

Es bleibt eine Lücke im Zusammenleben, im Netzwerk der Familie und Freunde und Kollegen.

Daran war es zu spüren, das Gewicht von Müller.

Was bleibt, wird schnell verwertet, von Mikroorganismen, die die Eiweißstrukturen auflösen, die Fette und zum Schluss die anorganischen Strukturen wie Knochen und Zähne. Müllers Moleküle, die sein Ich ausgemacht haben, gehen wieder ein in den Kreislauf.

Sie sind wirklich unsterblich.

Energie geht nicht verloren.

Sie existieren weiter in der Galaxie, ohne größeren Sinn, ohne Glauben, ohne Hoffnung.

Sie existieren weiter, bis die Sonne beginnt, sich aufzublähen, und alles irgendwann explodiert und alles wieder verschmilzt und mit Lichtgeschwindigkeit ins Nichts geschleudert wird, vielleicht zu Wasserstoff und Helium kondensiert. Alles, was war, die Bibliotheken, die Kunst, die Bauten, die Musik, und vor allem der Glaube und die Götter, die nie da waren, wenn wir sie brauchten, auch sie werden molekular desintegriert sein und im Nichts treiben, sinnentleert, und keiner weiß, ob sie jemals einen Sinn gehabt haben wollten.

Von Anbeginn

Das Leben beginnt jeden Tag von Neuem.

Als wir vor dem Kreißsaal standen und warteten, dass uns eine Schwester die Türen aufmachen würde, spürte ich genau, wie man sich auf der anderen Seite des Vorhangs fühlen musste. Für die Schwester, die uns ohne ein Lächeln die metallene Schiebetür entriegelte, war das Routine. Sie erlebte jeden Tag den Moment, der für werdende Eltern zur Herausforderung ihres Lebens werden kann. Sekunden voll irritierender Freude, Glück, mit grünen Wiesen, leicht zum Berg geneigt, über die sympathische Kleinfamilien laufen und lindgrüne Stängel pflücken.

Was war das?

Ich werde Vater?

Was geht da vor, was kann ich tun?

Machtlosigkeit, ein starres Segel in der aufkommenden Brise. Keine Bewegung, stabiler Horizont, egal, was um einen herum vorgeht. Welche Option, Handlungsmöglichkeit, Strategie? Kann etwas schiefgehen, fragte ich mich und schämte mich als erfahrener Arzt sofort für diese Frage.

Natürlich. Alles ist möglich. Das meiste jedoch ist Routine. Welche Faktoren im Prozessablauf, in der Durchblutung, in der Konzentration, im Stoffwechsel, können innerhalb von Sekunden alles verändern?

Der Boden unter mir spiegelte das helle Licht, ich bekam keine Luft, rückte den Mundschutz zurecht, der um die Nase schon feucht war. Meine Frau lag da, in ihrem Rücken die Betäubungsspritze, sie sah gut aus, norwegisch, lächelte.

Wieso sind alle so ruhig? Ist das immer so? Ist es keine Wunderwelt, die ich jetzt betrete? Ist es ein Spaziergang mit Rousseau? Wohin geht der Weg, auf welchen Grund treten wir?

Als der Geburtshelfer meiner Frau leise ins Ohr murmelte und den Beginn des Kaiserschnitts erläuterte, dachte ich seltsamerweise an Phasen meiner Kindheit, in denen ich eines ganz stark wusste: Ich war unendlich sicher, frei, geborgen, im Garten meiner Eltern, spielend zwischen Heckenstauden, unter deren herabhängenden Zweigen sich allerlei Schnecken und Getier fanden.

Der Kopf meiner geliebten Frau ruckelte ein wenig hin und her, als der Geburtshelfer mit seiner Assistentin die Bauchdecke aufhielt und mit den Händen hineingriff. Ich konnte nicht hinsehen, ich glaubte, sie wollten das auch nicht. Ich sah meine Frau an. Sie schien ganz entspannt zu sein, um ihre Nase lag ein irritierender Glanz, aber kein Angstschweiß.

Ich sprach ihr sinnentleerte Worte ins Ohr, wie: »Ich liebe dich. Ich freue mich so. Geht's dir gut? Gleich ist es da, ich kann es noch nicht sehen …«

Ich schämte mich ein wenig, fühlte die Hilflosigkeit wie einen Schwamm in meiner Hose.

Auf einmal: ein Schrei!

Es war da.

Mein Baby, ein Junge.

Der Kollege gab ein blutverschmiertes kleines Würmchen an eine Schwester weiter, die es sofort in eine Decke wickelte.

»Zartes Kind«, murmelte der Mann am Bauch meiner Frau.

Die sagte: »Ist alles in Ordnung?«, und riss die Augen weiter auf.

»Ja«, sagte ich, obwohl ich gar nichts wusste, nichts machte.

Ein Ruck ging durch mich, als die Blutstillung an der Wunde in Angriff genommen wurde. In mir, zentral, ein Sog, eine Gewalt, eine Verantwortung, presste sich mit dicken, harten Lippen auf meinen Kopf, fast schmerzhaft.

Augenblicklich war alles anders.

Ich setzte mich programmlos in Bewegung und fragte die Schwester, wo mein Kind sei, ob ich es sehen dürfe. Ja, ein Kinderarzt sei jetzt bei ihm.

»Ah, toll, und wo ist es jetzt?«

»Gleich können Sie zu ihm.«

Ich ging in den Neugeborenenraum, verließ meine Frau, die an die Decke sah, in den Augen ein schöner Glanz. Sie war vollkommen ruhig, still, ich sah, dass sie feuchte Augen hatte, wellenlos. Die stille Oberfläche eines norwegischen Sees, kein Molekül in Bewegung.

Ich habe sie nie gefragt, was sie in diesem Moment dachte, das traute ich mich nicht, es war ihre Intimität, nur für sie, es gab diese kleine Zeit nur ein einziges Mal im Leben.

Stattdessen fragte ich später, ob es ihr wehgetan habe.

Die Türen aus Aluminium, reflexhaft öffnend, ich wusste, wo ich drücken musste. Ich konnte was sehen. Da regte sich etwas auf einem Untersuchungstisch.

In ein blaues Laken gewickelt lag er da, seine Augen gingen schon auf, er blinzelte ins Licht, das begann, sein Gehirn zu stimulieren. Ein kleines Seufzen war zu hören, als ich vor ihm stand. Ich sah wie in ein Terrarium hinein. Ich hatte ihn entdeckt.

Der Kinderarzt blickte mich kurz an und erklärte mir, dass alles in Ordnung sei mit ihm, Apgar neun von zehn. Ich wusste, was das bedeutet. Es war gut, alles war gut, aber noch nicht überstanden, die Unbill des Lebens kam ja gerade erst lawinenartig auf ihn zu. Auf meinen Sohn.

Er sollte Maximilian heißen, einfach so. Wir fanden den Namen schön, gut, und jetzt denke ich mir, er passt auch zu ihm, so wie der Kerl aussieht. Gut, dass unser Gehirn sich passende Formen zusammenreimen kann.

Er sah so schön aus, wunderbar. Ein Leben, unser Leben, das weitergeht, immer wieder etwas ganz Neues, Einzigartiges, noch nie Dagewesenes.

Deshalb ist jeder Mensch gut. Im Grunde schon. Unschuldig hierhergekommen. Wir alle waren mal so klein und hatten Schmiere in den Haaren.

Sein Gesicht war ganz ausgereift. Seine Haare blond, die Augen braun und wundervoll, mit kleinen verklebten Wimpern am Rand. Er war tatsächlich mein Sohn, und alles war gut und vollbracht. Ich sagte irgendetwas Komisches – »Er ist so schön …« – und ging wieder zu meiner Frau.

Jetzt kam ich aber nicht mehr hinein, musste außenrum, durch die Umkleide. Zog neue, sterile OP-Kleidung an, das hatte ich schon Tausende Male gemacht, in der Klinik, aber jetzt ging ich zu meinem Leben.

Meine Frau lag immer noch da, der Bauch bedeckt, sie sah mich kommen und lächelte.

»Und?«

»Er ist so schön, so toll, unser …«

»Und ist alles in Ordnung?«

»Ja, super, Apgar neun von zehn, er hat blonde Haare und braune Augen und ist ganz frech.«

»Das ist bestimmt ein Frecher, gell.«

Wir führten diese Konversation noch einige Sekunden weiter, unsere Gehirne leer, hohl, von Glücksgefühlen durchschwemmt, aufgeweicht, labbrig, ich war nichts in dem Moment, war weich, dämlich.

Meine Frau durfte auf die Station, ein kleiner Drainagebeutel hing an ihr herunter, einige schillernde, wunderschöne Blutströpfchen klebten an der Plastikwand der Flasche wie Rubine.

Ich wollte wieder zu ihm, zu meinem Sohn. Sie brachten ihn in unser Zimmer, eingewickelt, mit einer Mütze auf dem Kopf, damit er keine Wärme verliert. Er schlief. So wird er hoffentlich immer schlafen, sein hoffentlich langes Leben lang.

Was kann ich tun, damit er ruhig schlafen kann?

Schmal war er, er müsste zunehmen.

Draußen war es windig, ein paar Frühlingswolken türmten sich auf, behäbig standen sie auf einem hellblauen Himmel, trunken, dick.

Ich fuhr allein nach Hause, verließ das Klinikum, ein Bau, hoch und groß, mit vielen Lichtern in den Fenstern, hinter denen Menschen kämpften.

Epilog

Die Märzveilchen standen in Gruppen um einen Baum auf dem Klinikparkplatz herum. Sie rochen hell und schön, der erste angenehme Geruch nach einem langen, grauen Winter. Während ich eine Spur in die Mischung aus Rollsplitt und Schnee trat, um meinen Sohn und meine Frau abzuholen, legte sich der Veilchenduft einem Opiumhauch gleich in meinen Frontallappen.

Vor mir stand der große Baukörper, hunderte hell erleuchteter Fenster zwischen den glänzenden Schuppen eines Leibes, in den täglich viele kleine Menschen hineingingen. Manche blieben in ihm. Für immer.

Einige von ihnen nahmen als letzten Gruß von dieser Welt den Duft der Märzveilchen mit.

Und in der letzten gottlosen Sekunde, in der noch Leben im Großhirn flimmert, ploppt dann vielleicht, neben all den anderen Gerüchen (Körper, Fäkalien, Desinfektionsmittel, Klima), Geräuschen (EKG, Beatmung, Schwestern, Schuhe, Ärzte, Alarm) und Farben (aufgehende Sonne, grüne Kittel, blaue Kittel, weiße Kittel, Neonlicht) ein kleiner, wunderbarer olfaktorischer Moment hoch, eine Idee, eine Ahnung, für die sich alles gelohnt hat, die alles vergessen macht und zeigt, wie großartig doch alles ist. Und in diesem Moment empfindet man Ehrfurcht, denn wer kommt bloß auf die Idee, so etwas Schönes zu schaffen wie den Duft von Märzveilchen.

Dank

Meiner großartigen Frau, ohne die nichts in mir möglich wäre. Mein Universum. Du bist die Antwort.

Meinen Kindern. Unendlich und bedingungslos.

Meinen Eltern für alles. Sie wussten es irgendwie auch schon immer.

Meinem Bruder, für tiefste Solidarität.

Thomas für die Managementkompetenz.

Dem Piper Verlag, der ein stimulierendes und faszinierendes Zuhause geworden ist. Im nächsten Leben spare ich mir vielleicht den Umweg über die Medizin und komme gleich zu euch. Ganz besonders Hannes, dem besten Lektor, der mit mir so schnell ein Team gebildet hat, für die Begeisterung, für das Mitleiden, das Mitkämpfen, die Diskussionen, das Geben und das Verständnis. Ein neuer Freund.

Meinen Lehrern. Meinen Kollegen.

Allen Freunden.

Zuhören heißt lieben.

Zu diesem Buch

»Nur eines müssen wir: ein Wunder sein. Verletzlich sein. Sterben.«

Ein Arzt erfährt tagtäglich, was das Leben bedeutet. Im Umgang mit dem menschlichen Körper, aber auch in der Begegnung mit dem Allzumenschlichen. Denn eine Klinik funktioniert wie ein Organismus, mit all seinen feinjustierten Abläufen und Ausnahmezuständen.

Rainer Jund seziert diesen Kosmos mit großer Beobachtungsgabe und psychologischem Feinsinn. Schlaglichtartig erzählt er von der Karriere eines jungen Arztes, von den hehren Ansprüchen und fundamentalen Ängsten in der Ausbildung, den Gefahren der Routine, von den atemlosen Sekunden, in denen das Leben am seidenen Faden hängt, bis zu Momenten, in denen nur noch eines hilft: Menschlichkeit – im Umgang mit Patienten, Angehörigen und Hinterbliebenen.

Mit poetischer Lakonie fängt Jund ein, wie in der sterilen Umgebung zwischen OP und Schwesternzimmer alles kulminiert, was unsere Existenz so unglaublich macht. Und kommt dem Kern des Lebens dabei ein Stück näher.

Rainer Jund, geboren 1965, studierte Medizin und Wissenschaftsmarketing. Nach seiner Ausbildung an der Universitätsklinik München praktiziert er heute als HNO-Arzt. In den letzten Jahren näherte er sich seinem Beruf zunehmend auch erzählerisch. Er lebt mit seiner Frau, ebenfalls Ärztin, und ihren drei gemeinsamen Kindern in München. »Tage in Weiß« ist seine erste literarische Veröffentlichung.